삐죽구두 할멈

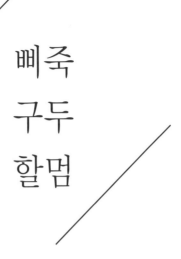

삐죽
구두
할멈

장기숙

수필집

삐죽한 자신을 다듬고 이웃에게는 둥글게

장기숙 시인의 소소한 이야기와 사진

고요아침

모퉁이 자갈밭길 엎어질 듯 달그락 달그락
고갯길 굽이굽이 쓰러질 듯 휘청휘청
굽 높은
삐죽구두 소리
꽃철 잎 철 다 누볐다네

철없는 걸음마다 피멍 든 발뒤꿈치
어머니 기도소리 붕대 되어 감싸주고
갈대꽃
은빛 머리카락
하늘 숨결이 빗겨주네

2021년 10월
파주 강천길에서
장기숙

삐죽구두 할머니에게

김동찬 시인

이번 여름이 더욱더 지난하게 느껴지는 것은 폭염과 코로나가 우리를 집안에 가두고 사람과 사람 사이를 격리했기 때문일 것입니다. 최근에 보내주신 장 선생님의 수필들은 늘어난 혼자만의 시간을 즐겁고 유익하게 보낼 수 있게 해주었습니다. 글들에는 흔히 말하는 재미와 감동, 그리고 장 선생님으로부터 살아오신 이야기를 직접 듣는 것 같은 생생함이 담겨있었으니까요.

화장 한 번 제대로 하신 적 없이 새우젓 장사로 자식들을 키우신 친정어머니가 안쓰러워 그 반발로 삐죽구두만을 신고 외관을 흐트리지 않고 단정하게 살아오셨다는 글에서는 선생님의 삶에 대한 진지한 태도가 보이는 듯 느껴졌습니다. 어머니로, 아내로, 신앙인으로, 생활인으로 얼마나 성실하게 자신을 다잡아가며 사셨는지 잘 알 수 있었습니다.

그러나 제가 장 선생님의 수필에 푹 빠진 이유는 그 삐죽한 마음이 보여준 치열함과 엄격함 때문이 아닙니다. 선생님은 그 글의 끝부분에서 "지난 시간 겉치레로 중무장하느라 낭비한 자신에 대해 뒤늦게 반성"을 하고 "어깨를 짓누르던 코트와 발끝을 조이는 높은 구두를 벗어"던집니다. '남이 하면 불륜, 내가 하면 로맨스'라 손가락질하는 세대와는 반대로 반성의 칼끝이 늘 자신을 향해있던 선생님은 삐죽한 자신을 다듬고 다듬어 둥글게 만들고 이웃을 향해 따뜻한 시선을 갖습니다. 자기 연단의 결과물이자 열매인 장 선생님의 글들이 읽는 내내 저를 웃음 짓게 하고 그 향기와 단맛에 흠뻑 취하게 해주었습니다.

정성스레 가꾼 정원의 꽃들을 꺾어가는 정체불명의 얌체 이웃에게 화를 내다가도 금방 꽃 몇 송이 이웃과 나누지 못하는 자신을 반성하고, "꽃을 사랑하는 이여, 꽃씨와 묘목을 드리겠으니 열린 문으로 들어오세요"라고 팻말을 붙였다고 하셨지요? 이 이야기는 저를 둘러싼 세상이 온통 꽃밭으로 여겨지게 하더군요. 수필가는 독자의 마음 밭에 꽃을 심는 사람들이 아닐까 하는 생각을 해보았답니다.

저를 감동하게 한 꽃 이야기가 하나 더 있습니다.

"주홍과 흰색이 섞인 복륜동백은 월남에서 온 판티현 같고. 현장 일을 하는 덩치 큰 다니엘은 달리아처럼 불그레한 타마뷰티 동백을 닮았다. 우리 집 대문을 들어서는 순간 2박 3일 동안 가게를 잘 건사한 저스틴이 하얀 이를 드러내고 웃는 모습이 백공작 꽃숭어리처럼 환할 것이다."

선생님께서 제주도로 모처럼 떠난 가족 여행 중에 동백꽃을 보면서 가업을 돕는 외국인 근로자들의 얼굴을 떠올리는 위 대목은 최근에 읽은 글 중에서 가장 아름다운 장면입니다. 선생님의 꽃밭은 갑질, 인종차별, 증오… 등등 어둡고 불쾌한 인간사는 다 물러가고 오직 형형색색 꽃들의 환한 웃음과 향기만이 만발한 곳이었습니다.

그곳에 활짝 핀 꽃들은, 마음의 평화와 기쁨을 얻는 길은 거창하고 대단한 지식이나 철학에서 오는 것이 아니고 그저 따뜻한 사랑의 눈으로 세상을 바라보기만 하면 되는 간단한 일이라고 말하는 듯합니다. '좋은 글이란 어떤 글인가?' 하는, 글 쓰는 사람이라면 누구나 갖게 되는 질문에도 같은 대답을 할 수 있을 것 같습니다. 글재주나 미사여구가 아니라 사람의 향기가 오랫동안 남는 글이라는 확신을 갖습니다.

삐죽구두 할멈. 삐죽함이 늘 자신을 향하고 있어서 남에게는 관대하고 자기비판에는 엄격한 장 선생님에게 딱 맞는 별명입니다. 그 별명은 장 선생님을 실수투성이의 철없는 고집쟁이처럼 보이게 할 수도 있습니다. 하지만 장 선생님이 중학생

백일장 심사를 하시면서 39명 전원의 작품을 일일이 칭찬해주시는 분이라는 걸 잘 아는 저에게는 이 별명을 표제로 선택하신 것도 장 선생님의 겸손하고 온화한 세계관을 반증하는 반어로 들립니다.

뾰죽구두 할머니, 이제 코로나는 먹는 약이 개발되고 있고 백신 접종도 많이 실행돼서 가을이면 수그러들 것 같습니다. 이 무더위도 언제 그랬냐는 듯이 곧 사라지겠지요. 이런 비바람과 뜨거운 햇살도 다 녹아들어 튼실한 열매를 맺게 되는 것처럼 선생님의 삶이 녹아든 수필집이 상재된다고 하니 올 가을은 더욱더 뜻깊고 아름다운 계절이 될 것 같습니다.

함께 기뻐하며 거듭 축하드립니다.

가을을 기다리며
김동찬 올림

차례

/

CHAPTER 1

날 부르는 소리

날 부르는 소리

·

·

·

목련꽃이 천사의 날개처럼 눈부신 날, 환영인 듯, 환청인 듯 다가왔다.

"내 영혼이 그윽히 깊은데서 맑은 가락이 울려나네
하늘 곡조가 언제나 흘러나와 내 영혼을 고이 싸네"

마흔 살 훌쩍 넘은 그해 봄, 내가 꼼짝없이 붙들린 찬송가다. 동네 교회 창문 밖으로 흘러나온 소리에 가던 발길을 우뚝 멈췄다. 낡힌 영혼과 피멍 든 발가락 사이사이 붕대를 감아주는 천상의 노래. 나는 어느새 까마득 밀려간 시골 예배당 풍금을 더듬고 있었다.

어릴 적부터 교회를 다녔지만, 결혼을 하면서 잊고 산 지 20년이다. 시댁의 유교적 가풍으로 남편도 교회를 멀리 했다. 그

보다 아이 셋 줄줄이 낳아 기르는 동안 현실은 녹록하지 않았다. 당시 남편은 미군부대, 농산물 출하장 등 일터를 아홉 군데나 전전했지만 형편이 어려웠다. 나도 살림을 꾸려가느라 손뜨개, 잡화 장사 등 궂은일을 가리지 않고 팔을 걷어붙였다. 이전 신앙은 아예 없었던 사람처럼 시가媤家 정서와 빠듯한 생활 속에 묻혀 살았다.

찬송가 소리에 발길을 멈춘 그 날도 예식장 도우미로 걸음을 재촉하던 중이었다. 웨딩마치 반주 일정이 꽉 차 있었기 때문이다. 하마터면 늦을 뻔해 겨우 당도한 예식장 피아노 앞에서도 찬송가는 귓전을 맴돌았다.

아무리 발버둥 쳐도 다람쥐 쳇바퀴 돌 듯 현실은 제자리걸음이었다. 게다가 일정한 일이 없는 남편은 봄바람, 갈바람을 끼고 살았다. 허방을 딛고 간신히 버텨온 시간, 지친 마음 기대고 싶었을까. 귀갓길 어느새 교회 계단을 단숨에 오르고 있었다. 마침 저녁예배 시간이다. 얼마만인가, 하나님을 잊고 산 지난 세월, 눈물이 하염없이 흘러내렸다.

예배가 끝나고 목사님과 사모님께 인사를 드렸다. 교회를 나가기로 얼결에 약속했지만 문제는 직장이다. 주일 예배시간과 예식장 일이 겹치기 때문이다. 서울생활에 세 아이들 교육비가 만만치 않았다. 당장 일을 그만두기 곤란해 우선 새벽기도, 수요예배만 드리기로 마음을 굳혔다. 굽이굽이 먼 길 헤매다 주님 품에 다시 돌아오니 마치 친정에 온 것처럼 평온하고 아늑했다.

교우들과 친해질 무렵이다. 한 명뿐이던 반주자가 결혼을 하여 떠나게 되었다. 큰 교회는 사례비를 주고 전공자를 쉽게 구하지만, 개척한 지 얼마 안 된 작은 교회여서 봉사자가 필요했다. 모두의 시선이 넌지시 내게 오는데 선뜻 나서지 못했다. 예식장 수입이 제법 쏠쏠하여 생활에 큰 몫을 담당하기 때문이다. 계속 고민만 깊어질 때, 맘속 깊은 곳에서 뜨거운 찬송이 터져 나왔다.

"평화 평화로다 하늘 위에서 내려오네
그 사랑의 물결이 영혼토록 내 영혼을 덮으소서"

앞서 교회 창문 밖에서 듣던 찬송가가 내게 응답을 내렸다. 공중을 나는 새도 먹여 살린다는 말씀도 들려왔다. 하물며 산 입에 거미줄이야 칠까, 한참 벌어도 부족한 판에 예식장 일을 정리하고, 주일 대예배를 드리기로 작정했다. 서투른 솜씨를 복습해가며 반주도 맡았다.

한동안 우리 집은 휘청할 수밖에 없었다. 수입이 줄어 먹거리며 아이들 문제집 살 돈이 부족했다. 새벽기도, 저녁예배, 안 빠지고 집을 비워 남편의 불만이 툭툭 불거져 나오고, 큰소리가 났다. 내 탓이라 여기고 최대한 다독이며 우리 가족 모두 주님 안에 하나 되기를 기도했다. 매일 새벽기도에 매달렸다. 간혹 여행 갔을 경우에도 인근 성전에 들어가 천 일 작정기도를 이어갔다.

내가 신앙생활을 다시 시작한 그해 가을이다. 남편은 철강 판매 시공 자영업을 새로 시작했다. 열 번째 직업인 셈이다. 비닐하우스, 창고, 특용작물원 등을 짓는 새 사업에 빠져 살았다. 거세게 몰아치던 소용돌이도 차츰 잦아들었다. 교회 문제 아니어도 전부터 우리 집은 늘 바람 잘 날이 없었다. 산바람, 강바람. 뜬구름바람, 바람이란 바람은 죄다 불었지만 용케도 헤쳐 나왔다.

고비를 넘고 넘어 장장 결혼 20여 년 만에 비로소 생업의 뿌리가 내리기 시작했다. 늘 빨간불이던 가계부도 내가 보태지 않아도 될 만큼 파란불이 켜졌다. 신기한 일이었다. 몽매한 인간이 어찌 감히 절대자의 뜻을 헤아릴까만, 교회를 나간 그 해부터 지금까지 가정과 가업을 지켜주심은 하나님의 은혜라고밖에는 달리 설명할 방법이 없다.

물론 30여 년 동안 가업을 위해 피땀 흘린 남편의 노력이 있었음은 두말할 필요도 없다. 여든이 넘은 지금까지 새벽에 일어나 사업장 문을 열어놓는다. 운영권을 아들에게 넘기고도 틈틈이 일을 하고, 어둠이 내리면 손수 문을 닫아 하루를 마무리 한다. 그 손길에 어찌 주님의 도우심이 함께 하지 않을까.

맘속 깊은 곳에도 임하신다. 15년 전 시어머니 생전에 계실 때, 식구들 다 같이 믿어야 풍파도 안 겪고 복을 받는다며 아들을 타일렀다. 효자인 남편은 어머니까지 모시고 교회에 나가기 시작했다. 며칠 전엔 작년부터 해오던 성경 필사를 다 마쳤다. 깨알처럼 쓴 공책 열 권을 내게 보여주며 감명 받은 듯 흐뭇한 미소를 짓는다. "평화 평화로다 하늘 위에서 내려오네." 오늘도 나를 불러 세우고 쓰러지지 않게 붙잡아주시던, 그 찬송을 조용히 불러본다.

삐죽구두 할멈

.

.

.

쌀랑한 바람이 옷깃을 스친다. 그녀는 가을을 만끽하며 단풍색 짙은 립스틱을 발랐다. 몸에 착 붙는 트렌치코트에 굽이 6센티 남짓한 구두를 신고 데일리 가방을 메고 오일장에 가려는 참이다. 또각또각 구두 소리를 내며 대문을 나서는 그녀를 보는 둥 마는 둥 남편은 그러려니 하는 눈치다. 자고 나면 제일 먼저 거울 앞에 앉는 것이 오랜 습관처럼 굳어져, 여간해서 푸시시한 모습을 보이지 않았기 때문이다.

반면 그녀의 어머니는 평생 몸치장을 하지 않았다. 구두는 커녕 검정 고무신에 몸뻬바지가 고작이었다. 가세가 기울어 생업을 짊어져야 하는 형편 때문이기도 했지만, 워낙 검소한 분이었다. 외출이래야 정갈하게 다림질한 옥색 한복에 아껴둔 흰 고무신을 신고 교회에 가시는 일이 전부였다. 옷이나 구두를 사다드려도 좋아하시지 않았다. 오히려 "겉만 번지르르 하면 못쓴다. 속이 꽉 차야 하느니"하시며 함부로 낭비하지 말라고 나무라셨다. 심지어 생신이나 그 어떤 특별한 날에도 일밖에 모르셨다.

아스라이 거슬러 올라 그녀의 남동생 운동회 날이었다. 남빛 물감을 풀어 놓은 듯 높은 하늘에는 새털구름이 날고 공중에 만국기가 펄럭였다. 저마다 울긋불긋 나들이옷을 갈아입고, 이웃과 어울려 구경하며 음식을 나눠먹었다. 그런데 그녀의 어머니가 보이지 않았다. 당신 막내아들이 달리기 할 순서인데도 구경조차 하지 않으셨다. 찾아보니 운동장 한 구석에서 국방색 몸뻬바지 위에 전대를 질끈 동이고 사과 장사를 하고 있지 않은가. 함지박에 빨간 사과를 층층이 쌓아놓고, 검정벨벳 원피스에 뾰족구두를 신은 친구 엄마와 흥정을 하는 듯했다. 그녀는 그만 얼굴이 화끈거렸다. 창피한 마음에 사람들 북적북적하는 틈으로 숨듯이 사라져 버렸다.

어머니를 부끄럽게 여긴 이 기억은 죄책감을 넘어, 가슴 깊숙이 상처와 한으로 뿌리내렸다. 그녀는 미장원에 가거나 구두를 살 때마다 희생만 하신 어머니가 늘 명치끝에 걸렸다. 그러면서 자신은 자식들에게 그러한 그늘을 남겨주고 싶지 않았다. 어머니처럼 살지 않겠다고 굳게 다짐하며 옷도 후줄근한 것을 못 견뎌 새 것을 자주 사 입었다. 첫애와 둘째를 포대기에

싸안고 업고, 다닐 때도 양장에 하이힐을 신었다. 버스에서 내려 시골길을 한참 걸어야 하는 친정에 갈 때도 마찬가지였다. 그녀의 어머니는 혹시나 애 어멈이 아기와 함께 넘어지지 않을까, 걱정하며 쯧쯧 혀를 차시곤 했다. 세월이 흘러 손녀까지 본 할머니가 되어서도 그 습관은 여전했다. 가까운 이웃이나 마트에 갈 때도 머리부터 발끝까지 입성을 챙겼다. 친정어머니는 그런 딸내미를 "삐죽 구두 할멈"이라 불렀다. 그녀는 학부모였을 때나 지금도 자식들 친구들이 "너희 엄마 멋쟁이"라고 할 때 으쓱해하고, 자녀들이 흡족해하는 모습을 보며 스스로 만족하곤 했다. 검소하신 친정어머니를 생각하며 흠칫 자중할 때도 있기는 하다.

지난 생각을 하다 보니 금세 장에 도착한다. 시장 입구부터 사람들이 북적거린다. 볼거리, 먹을거리가 수두룩하다. 중간쯤에 들어서자 좌판대의 립스틱, 매니큐어, 머리빗이 알록달록 눈길을 끈다. 모퉁이 한 편엔 꽃밭 한 뙈기라도 떠 옮겨 온 듯 무더기로 만발한 꽃 팬티를 펼쳐놓았다. "만원에 다섯 장" 외쳐대는 장꾼의 목청이 쩌렁쩌렁 울린다. 그 옆 난전 바닥에서 잘록한 허리에 전대를 동여맨 할머니도 "연근 싸게 줄게 사셔! 사셔!" 연방 목소리를 높인다. 순간 그녀는 발길이 멈칫, 까마득 운동회 날 사과를 팔던 어머니를 본 듯하다. 구멍이 숭숭 뚫린

연근은 마치 골다공증을 앓던 어머니 뼛속 같아 오소소 폐부를 들쑤신다.

연근을 한 봉지 사들고 집으로 돌아오는 내내 "겉만 번지르르 하면 못쓴다. 속이 꽉 차야하느니" 하시던 말씀이 청청하게 들려온다. 어머니 유품을 정리할 때였다. 차곡차곡 모아둔 교회주보에, 해외 선교사를 위해 오랫동안 정기적으로 일조를 해오신 기록이 있었다. 악조건에서 복음을 전하는 어려운 사람을 보면 그냥 지나치지 않으시던 어머니다. 교회에 가실 때 구두에 정장은 안 했지만 한복이 단정해서 품위가 있으셨던 어머니. 거친 손, 화장하지 않은 바로 그 냄새, 서녘 하늘의 별이 유난히 크게 보이는 오늘따라 어머니가 보고 싶다.

지난 시간 겉치레로 중무장 하느라 낭비한 자신에 대해 뒤늦게 반성을 한다. 어깨를 짓누르던 코트와 발끝을 조이는 높은 구두를 벗어던졌다. 그녀는 비로소 헐거워진 자신으로 돌아와 활개를 칠 듯 자유롭다. 축 늘어진 엉덩이를 감췄던 백화점표 코르셋 대신, 장날표 꽃 팬티를 갈아입는다. 나는 꿈결을 따라 흐드러진 꽃길, 봄길을 어머니와 함께 낭창낭창 누빈다.

마지막 순간

.

.

.

창틀에 말라붙어 있는 나비를 보았다. 금세라도 창밖으로 날아갈 것 같이 하얀 날개를 펴고 있다. 어머니 돌아가신 지 5년이 되었지만, 문마다 잠겨있는 요양원 창문 앞에 서성이던 모습이 엊그제 같다. 병이 깊어지기 전 펄펄 날다시피 했는데, 얼마나 밖에 나가고 싶으셨을까. 이런 생각으로 울컥해질 때마다 나는 피아노를 치며 어머니가 즐겨 하시던 찬송가 "보아라 즐거운 우리 집"을 부른다.

87세부터 어머니는 심장판막증을 앓으셨다. 담당의 말로는 연로한 데다 너무 쇠약해서 수술도 할 수 없다 하여 약만으로 버티셨다. 93세 되던 해 설상가상 대상포진에 걸려 입원치료를 받아 완쾌되었으나, 기력이 없어 거동하시기 어렵게 되었다. 집에 간병할 사람이 붙어있어야 하는데, 맞벌이로 종일 돌볼 가족이 없었다. 큰딸인 내 집은 사위 보기가 어렵다고 평소 건강하실 때도 주무시고 가는 일이 없었다. 생각 끝에 같이 지내는 식구들이 매일 들릴 수 있도록, 사시던 집 근처 요양원으로 모셨다. 어찌 한 집에서 아들 며느리 손자와 남은 생 함께 하고 싶지 않았으랴. 어머니께서는 어쩔 수 없는 현실을 마지못해 받아들였다.

명색이 큰딸 노릇을 못하는 죄책감에 나는 아무 일도 손에 잡히지 않았다. 파주에서 인천까지 자주 찾아뵙고, 기도와 성경 읽기, 찬송가를 불러드리는 것이 전부였다. 평소에 좋아하시는 찬송은 "사철에 봄바람 불어 잇고"인데 내게 자꾸 불러달라고 하신 찬송은 바로 "보아라 즐거운 우리 집"이었다. 몸이 편찮아서 괴로워하시다가도, 이 찬송만 부르면 편안해지는 듯 스르르 잠이 들곤 하셨다.

어머니는 하루가 다르게 수척해지기 시작했다. 두 달이 지날 무렵부터는 헛소리도 하시고, 환영을 보시는 듯 했다. 묽은 식사도 제대로 못하시자 담당의사는 편히 모시라고만 처방을 내렸다. 마음의 준비를 해야 할 직감이 왔다.

그때까지 나는 직계가족 임종한 적이 시아버지 한 분뿐이었다. 친정아버지, 시어머니, 동생의 마지막 길에 위급하다는 연락을 받고 바로 달려갔지만 돌아가신 후에야 도착을 했다. 얼마나 안타깝고 허망했는지 그 검은 구름이 종종 나를 뒤덮는다. 또 그리될까 매일 노심초사하여 하루 걸러 오가며 찬송과 기도를 드렸다. 어머니 길 끝에 손이라도 꼭 잡아드리고 싶은 마음이 간절했다.

화단에 나리꽃이 한참 붉은 긴 여름날 햇살이 꺾였다. 남동생의 급한 전화를 받고 아들과 차를 타고 달리기 시작했다. 벌금딱지가 날아올망정 자유로 지정속도를 위반하며 120km 이상 달리는 도중에도, 제발 어머니 살아서 뵙게 해달라고 간곡한 기도를 올렸다. 요양원 특실에 당도할 때까지 어머니께서 눈을 뜨고 계셨다. 나는 들어서자마자 손을 꼭 잡은 채 "보아라 즐거운 우리 집~밝고도 거룩한 천국에"를 눈물범벅이 되어 불렀다. 친정식구들 모두 모여 어머니 병상에 빙 둘러서서 같이 불렀다. 마지막 구절 "거기서 거기서 기쁘고 즐겁게 살겠네"까지 다 부른 순간, 어머니는 잠이 드신 듯 평온히 눈을 감으셨다.

어머니는 내가 병상에 도착하기 전, 몇 번 숨이 멎을 뻔했다고 한다. 자꾸만 시선이 문 쪽을 향해 누나를 기다리는 듯 했다는 남동생의 말에 더욱 먹먹하고 북받치는 오열을 참기 힘들었다.

어머니 마지막 순간을 가족 모두 지켜드려 그나마 위안이 되었지만, 생전에 불효한 죄책감은 아직까지 바윗덩이처럼 가슴을 짓누른다. 어머니 분 바른 모습을 딱 한번 보았다. 입관 전 염할 때, 예쁘게 하고 천국에 가시라고 장례사 측에서 분단장을 해드렸다. 전에 뵙지 못하던 고운 얼굴에 남동생과 나는 이구동성으로 "이런 모습 처음예요"하고 부끄러운 마지막 작별인사를 드렸다. 내 얼굴에 화장품을 덕지덕지 바르면서 어머니께 좋은 로션 한 번 사들인 적 있었던가. 그토록 사시던 집에 돌아가고 싶어 요양원 문마다 다가서서 밖을 내다보시던 어머니.

기쁘고 즐거운 거기, 무꽃 피는 본향에서 훨훨 날아다니실까. 어쩌다 집안으로 날아 들어온 나비가 닫힌 창틀 아래 파닥이다 이 봄까지 예 붙어있었을까. 창문을 열고 가만히 날려 보내준다. 하얀 나비 한 마리 다시 살아난 듯 나풀나풀 텃밭 위에 살포시 내려앉는다.

에코백의 계절

.

.

.

에코백이 선보이기 시작한 때는 90년대 말쯤이다. 영국의 디자이너 '아냐 힌드마치'가 환경단체와 손잡고 비닐봉지 사용을 줄이고자 친환경제품을 출시한 데서 비롯했다고 한다. 유명 연예인과 패셔니스트들의 자선쇼와 함께 멋도 살리고 지구도 살리는 운동이 전개된 것이다. 색깔과 디자인도 다양하다. 우리나라도 인기 배우들의 패션이 눈에 띄면서, 현대적인 감각을 가진 신세대층에서 주로 유행을 했다. 가격도 1만 원 안팎에서 살 수 있으니 얼마나 경제적인가.

에코백이 한창 유행할 때 그 가방을 우연히 갖게 됐다. 유명한 박정자 연극 〈엄마는 50에 바다를 발견했다〉를 관람한 후다. 제목이 준 모티브에 힘입어 나를 둘러싼 껍질을 깨며 밀레니엄 바다에 닻을 올렸다. 접었던 꿈을 펼쳐 전국 '마로니에 백일장'에 참가한 날이다. 시제가 공표 되자 소녀처럼 몹시 설레고 두근거렸다. 시를 지어내고 심사결과를 기다리는 시간

내내 작은 떨림이 가슴 밑바닥에서 끊이지 않았다. 맨 끄트머리 장려상이었다. 그날 상품으로 문인협회 로고가 찍힌 에코백을 받았다. 장원은 아니지만 날아갈 것 같은 기분이 우듬지에 걸린 꽃구름처럼 몽실몽실 피어올랐다.

이를 계기로 감히 시인 흉내를 내며 지금까지 그 가방을 즐겨 애용한다. 물론 첫 수상의 여운이 깃들기도 했지만 큼지막하여 물병이며 양산 등 물건을 많이 넣을 수 있어 아주 편리하다. 물세탁이 가능해 언제나 깨끗하고 보송보송한 감촉이 어깨에 착 붙기도 하거니와 젊어지는 느낌이 좋다. 최근에는 웬만한 행사에서 기념품으로 나눠줘 다양한 색깔들을 옷에 깔 맞춤 하여 두루 사용한다. 정장을 할 경우에도 에코백을 메는 내게 딸들은 이제 그런 것 좀 그만 쓰라며, 소위 명품가방을 사줄 양으로 부추기곤 한다. 아들, 딸 버젓이 둔 어른이 명품 하나 없냐며 사준다고 할 때마다, 고가와 실용성을 핑계로 적극 만류했다. 때로는 한 개쯤 가져볼까 하는 생각도 들었지만 자식들 돈을 축내고 싶지 않았다. 사더라도 내 능력으로 사겠노라 고집을 부려오던 터다.

며칠 전 문예창작지원금이 선정되었다는 통보를 받았다. 비로소 부담 없이 작품집을 낼 수 있게 돼, 재단에 감사하는 마음과 더불어 뛸 듯이 기뻤다. 그동안 자식들이 준 용돈을 시집 출간하려고 고스란히 모았는데, 비로소 명품가방 하나 장만하게 되었다. 아들, 딸 체면도 서고 흡족해 할 것 같아서다. 작정하고 날을 잡아 명동에 있는 백화점으로 향했다. 까마득 치솟은 빌딩은 층마다 휘황찬란하다. 동네 마트와 금촌 오일장에 익숙한 나는 어리벙벙 넋이 나갈 것만 같았다. 명품관에 들어서자 진열대 위에 샤ㅇ, 루이ㅇㅇ, 에ㅇ샤 가죽가방이 나의 에코백을 내려다보며 이름과 출신자랑을 한다. 예산에서 0이 두 개나 더 붙은 값이다. 윤기가 자르르 도는 신제품이 내 팔을 자꾸 끌어당긴다. 아마도 세일 값이었다면 그중 하나를 구입했을지도 모른다.

까짓 가방만 명품이면 뭘 하나. 애써 스스로 빌미를 만들며 눈 호사만 기껏 하고 횅하니 돌아 나왔다. 앙증맞은 빨강, 검정 가방이 눈앞에 알씬대며 명동역에서 혜화역까지 계속 따라붙는다. 2번 출구 계단을 오르는 중에도 머릿속이 뒤죽박죽이다.

마로니에 공원은 언제 와 봐도 풋풋하다. 어젯밤 내린 비로 나무들과 꽃잎에 맺힌 물방울이 수정처럼 맑다. 백화점 속진을 헹궈내야 하듯 나의 찌든 일상을 뒤돌아보게 한다. 맨 처음 에코백을 상 받던 날에 순수함은 다 어디로 갔을까. 물정 모르고 첨벙댄 시간, 혼탁한 시류에 휩쓸린 채 빨아도 지워지지 않는 얼룩만이 남았다. 공원 안쪽 빨간 벽돌 아르코예술극장에

"예술은 삶을 예술보다 더 흥미롭게 하는 것"이란 글귀가 나를 후려친다.

나는 과연 예술로 삶을 흥미롭게 한 적 있었던가. 닻을 내려야 할 어둠이 가까워오고 있다. 제대로 쓴 시에 이름 석 자 또렷한 시집 한 권 갖기를 소망하던 열정과 포부는 다 어디로 갔을까. 시인의 길을 걷게 해준 에코백의 가치야말로 무엇과도 바꿀 수 없는 명품가방이 아닌가. 에코백을 멘 젊은이들의 활기찬 발걸음에서 봄기운이 물씬 뿜어 나온다. 유모차에 아기를 태운 엄마의 옷차림이 눈길을 끈다. 청바지에 하얀 티셔츠 어깨에 걸친 에코백이 잠자던 내 오감을 화들짝 깨운다. 신용카드와 화장품, 잡동사니로 날깃날깃한 나의 에코백을 추스르고, 생의 어느 마디 연초록 시절로 거슬러 올라간다. 물방울을 털며 초록 잎사귀 나울치는 꽃바람 속에 덩달아 출렁거린다.

은혜의 강

.

.

.

자유로 수평선 노을은 언제 봐도 장관이다. 막내딸 혜은과 교회에 다녀오는 길, 차창 밖 가창오리 떼들이 하늘 한 자락 쥐락펴락 군무를 펼친다. 인간이 연출해 낼 수 없는 멋지고 경이로운 자연의 세계다. 그럴 때면 누가 먼저랄 것도 없이 딸과 나는 "강물같이 흐르는 기쁨"을 부르며 하나님이 주시는 평강을 찬송하곤 한다.

혜은이는 현재 교회 반주자다. 중학생 때부터 마흔이 넘은 지금까지 어언 30년째다. 첫째와 둘째는 결혼 후 각자 배우자 따라가고, 친정 근처에 사는 막내부부만 계속 같은 교회를 다니고 있다. 내친 김에 막내 학창 시절로 거슬러 올라간다.

8, 90년대는 초, 중, 고 학교가 콩나물 교실이었다. 학생 수가 많은 만큼 대학 진학 문도 좁아 초등교부터 치열한 경쟁이 시작됐다. 오죽하면 입시지옥일까. 부모들은 덩달아 갖가지

정보와 방법으로 족집개 과외며 학원을 보내는 등 자녀들에게 지원을 해주었다. 나는 그렇게 하지 못했다. 학업이나 진로에 대한 지식과 통찰력이 없을뿐더러 형편도 어려웠다. 있다한들 한계가 있는 법, 학업과 진로선택은 스스로 하게 했다. 약간의 도움만 줄뿐, 몸과 마음이 건강하면 족했다. 무엇보다 정직하고 성실하기를 바라며, 거짓말하면 회초리를 들었다.

막내가 열 살 때였다. 크리스마스 이브에 기다란 양말을 문고리에 걸어놓고 잠이 들었다. 나는 사탕, 초콜릿, 오렌지와 카드도 한 장, '산타할아버지 선물'이라고 색연필로 크게 써서 넣었다. 그런데 산타가 놓고 간 그 맛난 선물을 다 먹어가던 무렵, 엄마는 거짓말쟁이라며 펑펑 울어대지 않는가. 어떻게 알았는지 진짜 산타가 아니라며 그동안 속아온 것이 억울하다는 듯 대들었다. 그 나이 되도록 해마다 산타가 굴뚝으로 들어와 선물을 주고 간 줄 철석같이 믿었기 때문이다. 공부도 제대로 못 봐주고 거짓말하면 안 된다고 가르친 엄마의 체면이 그만 땅에 떨어졌다.

혜은이 중3 때 담임과 학부모 면담이 있었다. 아이의 성적을 뻔히 아는지라 좌불안석 죄인이 따로 없었다. 선생님께서 인문계 고등학교보다 진학하기가 좀 더 쉬운 실업고를 권유했다. 그런데 혜은이는 꼭 인문고를 가고 싶어 했다. 면담 전 날 내게 왜 남들처럼 과외 한 번 안 시켜 줬냐며 항의하는 게 아닌가. 언니처럼 대학생이 되고 싶다며 울며 투정대다 눈이 빨개진 아이의 모습이 눈앞을 가렸다. 순간 모험하는 셈 치고 담임 선생님에게 인문고를 진학하기 원하는 아이의 뜻을 따라주고 싶다고 간곡하게 말씀드렸다. 담임의 권유를 마다하고 인문계를 지망했으니, 고교배정에 떨어지면 이도 저도 못가 낙제생이 되는 판이다. 가족들은 모두 속으로는 걱정했지만 잘할 거라고 막내에게 용기를 북돋아주었다.

그날부터 혜은이는 몇 번 안 남은 평가시험을 위해 열심히 공부하는 눈치였다. 그래도 주일 예배만큼은 반드시 드렸다. 예배반주와 전도사님의 성경공부까지 참석했으니, 내심 하나님의 도움을 총동원하는 듯 했다. 그 결과 드디어 그토록 원하던 문이 열렸다. 고교 진학이지만 우리로선 대학 못지않은 큰 경사다. 열 살까지 산타를 믿어온 것처럼, 기도하고 공부하면 이루어진다는 순수한 믿음을 주님께서 어여삐 보셨을까.

여고 3년 어느새 대입을 목전에 두었다. 성적은 많이 올랐지만 입시에 통과하기엔 불안했다. 수능시험 얼마 앞두고서야 나는 처음으로 딸의 전공에 관심을 가졌다. 혹여 실기점수가 반영되는 음대를 가면 어떨까. 피아노를 전문적으로 배우지 않았지만, 웬만한 성가를 무난히 소화하니 선택의 여지가 없지 않은가. 문득 고교 진학 때 내게 항의하던 모습이 엄습해 부라부라 개인 레슨을 받도록 주선해주었다. 주야로 강훈련을 하는 통에 식구들 모두 귀가 먹먹할 지경이었다. 다른 고3 학생은 입시 준비하느라 교회를 빠졌지만, 막내는 여전히 성가대 반주를 하며 꼬박꼬박 주일을 지켰다. 하나님의 도우심을 굳게 믿는 혜은에게 주님의 은혜가 봄날처럼 임했다. 할렐루야!

자식농사를 잘 지어야 한다는 말이 있다. 의사, 박사, 판검사가 선망인 세상의 눈으로 볼 때, 그렇게 키워내지 못한 나는 부족한 엄마일지도 모르겠다. 그러나 나는 하나님 안에서 성실한 사회의 한 구성원으로 성장해준 아이들이 자랑스럽기만 하다. 아들은 해군 제대 후 곧바로 가업을 이어 지금은 일곱 식구의 생계를 책임지고 있는 가장이다. 사업 현장에서 일하는 사람까지 합하면 족히 서른 명에 달한다. 큰딸은 행정학과를 전공해 공무원을 기대했는데, 모자 디자이너다. 적어도 엄마, 아빠의 모자 패션을 도맡고 있다. 막내 역시 음대 졸업 후 엉뚱하게 일어 번역가로 활동 중이다. 인터넷에 막내 이름을 클릭하면 '안혜은 옮김'이 주르륵 뜬다.

삼남매 모두 어려서부터 적극적인 지원을 했더라면 지금보다 훨씬 훌륭하고 근사해졌을까. 그러나 나는 다시 돌아가라 해도 마찬가지 일 거 같다. 어미로서 직무유기에 해당하는지도 모른다, 세상사 마음대로 이루어지는 게 얼마나 될까. 계획은 사람이 해도 조물주의 선하신 뜻 가운데 존재하듯, 무엇보다 정직하고 성실한 사람이면 족하겠다. 부족한 나와 내 자식들에게 지금까지 주신 은혜만도 분에 넘치도록 감사할 따름이다. 막내가 세계적인 음악가는 못됐어도 한층 수련된 반주자로 하나님께 쓰임을 받으니 기쁨이 충만하지 않은가,

하늘의 해와 달, 별, 새소리, 갈잎 흔드는 바람소리, 지으신 세계가 아름답다. 잘 나고 못 난 것을 따지지 않고 함께 어우러져 굽이굽이 흐르는 저 강물처럼 내가 내딛는 한 발자욱 한 발자욱마다 주님의 푸른 숨결이 느껴진다.

꽃 도둑

.

.

.

    살금살금 대낮에 누가 울타리의 꽃을 꺾어가고 있다. 장미 뿐 아니라 원추리, 메리골드가 군데군데 잘려나갔다. 아침, 저녁 앞마당과 뒤란에 울긋불긋한 꽃들을 만나는 즐거움이 꽤나 큰데, 분명 아침에 보았던 꽃이 보이지 않는다. 연두색 낮은 철제 울타리 안의 꽃가지까지 꺾인 흔적이 뚜렷이 남아있다.

    누구 짓일까. 신경을 쓰며 틈만 나면 울타리 쪽을 살폈다. 집안 거실에서도 꽃밭에 나가서도 자꾸 눈길이 간다. 그러던 중 꽃을 도둑맞은 한 주일 지난 쯤 남편이 울타리 쪽을 가리킨다. 웬 젊은 여자가 차양 넓은 모자를 눌러쓰고 마스크를 한 채, 나리꽃과 분홍장미를 한 아름 꺾어 들고 있지 않은가. 고함을 지르면서 재빨리 쫓아가는데 벌써 반대 편 모퉁이로 사라져 버렸다.

    쫓겨 가던 길에 그만 장미꽃 한 송이를 떨어트리고 갔다.

아마도 겁쟁이였나 보다. 들켰으니 이제 다시는 얼씬하지 못하겠거니, 한동안 안심을 했다. 처서가 지나고 마른 잎들과 가지들을 정리해 주니 한결 깔끔해졌다. 추분이 지났는데 가을비가 자주 오고 기온이 높아서일까, 새 꽃가지와 봉오리가 제법 많이 맺혔다. 요즘은 장미도 서리가 오도록 피지 않던가. 국화까지 피기 시작해 화단은 여전히 장관이다.

꽃이 한창 만발하면 낸들 한 아름 꺾고 싶은 마음이 왜 없을까. 방이나 거실에 꽂아놓고 싶은 유혹을 느끼지만, 햇볕과 바람에 흔들릴 때가 훨씬 아름답다. 뿌리에 닿은 생명체를 분질러버리는 것 같아 꽃꽂이 하고픈 마음을 꾹꾹 눌러 참는다.

아랑곳없다는 듯 꽃 도둑을 또 맞았다. 새로 가을볕에 야물게 피어나는 노랑, 분홍 장미 꽃대가 꺾여 나갔다. 거기다 울타리 바로 아래 메리골드는 뿌리째 뭉텅 뽑혀졌다. 속이 상하고 어이가 없다. 잡히기만 하면 당장 멱살이라도 잡을 기세로 남편과 나는 다시 온종일 꽃밭 지킴이가 되었다.

꽃을 꺾지 마시오!
발견 즉시 고발조치 함

경고문을 써서 팻말도 세웠다. 그럼에도 불구하고 세 번째 꽃 도둑을 또 맞았다. 용용 약이라도 올린 듯 갓 피어나려 봉긋해진 봉오리를 가지째 쳐갔다. 신경이 곤두서는 시간만 속절없이 흐르고 범인은 오리무중이다.

생각 끝에 전번에 들켰던 그 여자가 사라진 모퉁이를 돌아가 보았다. 그 곳엔 민가도 없고 단지 기도원만 있을 뿐이다. 얼핏, 내가 다니는 교회에서 토요일마다 권사님 한분이 성전에 꽃을 올리는 일이 생각나 유추를 해보았다. 맨 처음 꽃이 없어진 날도, 그 여자를 발견한 날도, 이번에도 공교롭게 토요일이다. 나는 콜롬보가 된 양 한 번도 가지 않은 기도원을 들어가 보았다. 기도하러 온 사람인 척, 입구부터 성전 안까지 자세히 살펴보았다. 결국 허탕이다. 우리 집 꽃과는 전혀 다르고 색깔도 비슷하지 않았다.

아무렴 그렇지, 성전에 장식할 꽃을 하마 도둑질한 꽃을 올릴까. 단지 그 여자가 기도원 쪽으로 도망갔다는 이유로 의심한 내가 얼마나 큰 실수인가. 반드시 이번 도둑이 그 여자란 증거도 없지 않은가. 함부로 남을 의심하고 지목했던 자신이 경솔하고 부끄러웠다. 설상 그 여자가 한 짓이라 해도 무엇보다 기도하는 성스러운 곳에 범인을 잡겠다고 잠입한 행동이 후회스럽다.

사람을 의심하는 일에 매달리다 보니 그런 감옥이 없다. 마음을 긴 시간 감옥에 가둘 수는 없지 않은가. 꽃을 좀 꺾어 갔기로서니 남을 죄인 취급하며 화를 품고 사는 자신이 외려 삭막하다는 생각이 든다. 꽃을 꺾어갔던 모자 쓴 그 여자든, 다른 누군들 용서하고 싶은 마음을 애써 가져본다. 성전 안에서 번뜩이던 눈초리를 가만 감으며, 나무 팻말의 엄포를 떼어내고 글귀를 바꿔달았다.

꽃을 사랑하는 이여
꽃씨와 묘목을 드리겠으니
열린 문으로 들어오세요

뜰 안 가득 짙어진 보랏빛 구절초, 황국, 진분홍 코스모스가 갈바람에 향기를 실어 나른다. 검정 콩알만 한 분꽃 씨앗이며 색색의 백일홍, 메리골드 씨가 옹골차게 영글고 있다. 혹시 누군가 꽃을 얻으러 오지 않을까. 나는 대문간에 가끔씩 눈길을 주며 꽃씨를 받는다. 커다란 매직펜 글씨가 덩달아 꽃가지 사이에서 사람을 기다리고 있다.

제주, 카멜리아 힐

.

.

.

몇 달째 집안에 발이 묶였다. 코로나로 인해 일상의 때가 올올이 낀 채, 축 처져 있던 중 거리두기 단계가 내려갔다는 소식이 뉴스를 통해 들려왔다. 우리 가족은 환호성을 질렀다. 남편 팔순 여행을 떠나려 했던 계획을 드디어 이룰 수 있게 됐기 때문이다. 일가친척과 지인들을 초대해 잔치를 벌이기는 아직 조심스러워 아들, 딸 내외, 손녀까지 함께 여행을 가기로 의견을 모았다.

모처럼 기회인데 문제는 가업이다. 평일에 2박 3일간 가게 문을 닫아놓을 수가 없기 때문이다. 살림집이 딸린 가게를 지키고 있을 식구가 없어 이러저러 궁리해 봐도 난감하기만 했다, 계속 이를 지켜보던 저스틴 기사가 머뭇머뭇 하며, 가게를 봐주겠다고 나섰다. 뜻밖의 제안에 미안하기도 하고 그의 마음 씀씀이가 여간 고마운 게 아니었다.

저스틴은 3년 전 필리핀에서 온 청년이다. 남편이 연로해져 일할 사람을 구해야만 했는데 결코 쉬운 일이 아니었다. 힘들고 위험한 일을 하러 오겠다는 우리나라 젊은이가 없어서, 해당 기관에 의뢰해 어렵게 우리 가게에 들어오게 됐다. 밖의 현장에서 비닐하우스 건축 일을 하는 팀원들도 주로 외국인이다. 화물 운반부터 철강 상하차, 용접 등을 해야 하는 업종에 그 사람들 없이는 꾸려나갈 수 없는 현실이 된 지 오래다.

처음엔 의사소통이 서툴러 서로 불편한 점이 많았다. 차츰 시간이 지나면서 저스틴이 힘들고 궂은일을 마다 않는 성실함에 무척 고마웠다. 힘들다고 그만두면 어쩌나, 행여 상처받는 일이 있을까 싶어, 친절히 대하려 애쓰고 호칭도 깍듯이 기사님이라 부른다. 특히 자식들도 자주 못 보고 사는 요즘 우리 부부와 한솥밥도 종종 같이 먹으며 가족처럼 지낸다. 든든하고 믿음직한 저스틴이 아니었으면 홀가분히 집을 떠날 수 있었을까.

근 10년 만에 비행기를 타고 하늘을 날았다. 멀리 한라산 봉우리가 구름바다 가운데 섬처럼 불쑥 솟아오르니, 잠잠하던 여행객들의 탄성이 여기저기 터져 나왔다. 제주는 이국적인 풍광이 물씬 풍기는 곳이다, 이전에 다섯 번이나 다녀왔는데도, 단체 여행에서 정해놓은 빠듯한 일정에 맞추다 보면 시간에 얽매여 차분히 즐길 수 없었다.

이번에는 가족끼리 오붓이 렌터카를 빌려 즐기기로 했다. 제일 먼저 향한 곳이 도심에서 뚝 떨어진 서귀포 바닷가다. 멀리 하늘과 맞닿은 수평선, 험준한 절벽을 감싸 안은 눈부신 은파, 자연이 빚은 신비스런 주상절리가 분명 전에도 보았던 풍경인데, 마치 처음 보는 양 새롭기만 했다. 마스크를 낀 채라 아쉽긴 했지만 청정한 공기 속에 심호흡을 했다. 야자수를 넌출거리게 만드는 시원한 바닷바람에 갇혀있던 몸과 마음이 뻥 뚫렸다. 테이크아웃 커피를 사들고 날아갈 듯 부풀은 기분 그대로 삼굼부리 갈대밭 노을 속에서 늦가을 정취를 만끽했다.

모처럼 한적하고 공기 좋은 곳을 구석구석 돌았다. 마지막 날 제일 오래 머문 곳은 카멜리아 언덕이다. 안내 책자를 살펴보니 30년 열정과 사랑이 깃든, 동양에서 가장 큰 동백 수목원이라 한다. 들어가 보니 과연 일찍 핀 토종과 외국종이 한데 어우러져, 각양각색의 꽃동산을 이루고 있지 않은가. 전에는 동백꽃이 빨간 줄만 알았다. 수목원에는 흰색, 보라, 진분홍, 노랑, 모양도 흡사 장미, 모란, 함박꽃처럼 크고 탐스러웠다. 보하, 히카루겐지, 타미아, 적화금화차, 이름도 생소했다. 윤이 도는 초록 이파리 사이 향기로운 꽃그늘 아래 나는 시간가는 줄을 몰랐다.

외국종은 모양과 색깔이 여러 가지이고 향기도 진하다. 꽃잎도 크고 탐스러운 만큼 토질과 공기가 다른 우리나라에서 유독 정성을 더 많이 쏟는다고 한다. 그 만한 동백 숲이 우거지기까지 나무도 사람도 혹독한 시련이 따랐겠구나 짐작을 했다. 언뜻 우리 가게 일을 하는 외국 청년들 생각을 했다. 얼굴빛이 다르고 문화와 정서가 다른 이국땅에서 뿌리내리기란 녹록하지 않을 테지. 좀 더 꾸준한 관심과 따뜻한 배려가 있어야만 저 카멜리아 수목원처럼 향기로운 꽃동산을 이루지 않을까.

여행 마지막 날, 귀갓길에서도 자꾸만 돌아보게 한 카멜리아 언덕이다. 선홍색의 크고 작은 토종 꽃들이 오롱조롱 붙어 있는 모습은 우리 식구를 닮았다. 그 옆에 컴패션을 통해 12년 전 가족이 된 가나 소녀 아돌레이가 열일곱 흑동백으로 피어올랐다. 주홍과 흰색이 섞인 복륜동백은 월남에서 온 판티현 같고. 현장 일을 하는 덩치 큰 다니엘은 달리아처럼 불그레한 타마뷰티 동백을 닮았다. 우리 집 대문을 들어서는 순간 2박 3일 동안 가게를 잘 건사한 저스틴이 하얀 이를 드러내고 웃는 모습이 백공작 꽃숭어리처럼 환할 것이다.

CHAPTER 2

새우젓 어멈과 모시 두루마기

새우젓 어멈과 모시 두루마기

.
.
.

　새우젓 호박볶음을 식탁에 올렸다. 남편은 새우젓에 갖은 양념과 깨소금 솔솔 얹은 자작자작한 맛을 유독 선호한다. 그뿐 아니라 요즘처럼 더위가 시작되어 입맛이 떨어질 때쯤이면, 새우젓 달걀찜, 제육볶음도 꽤나 좋아한다. 간간한 입맛을 맞추느라 만들기는 해도, 나는 새우젓이 들어간 음식을 싫어한다.

　까마득 내 안 깊숙이 아려오는 생채기 때문일까. 나 어릴 때 우리 식구는 서울에서 오순도순 단란하게 살았다. 하지만 아버지께서 4.19혁명이 일어나던 해, 사회적 거대한 소용돌이 속에 행방불명이 됐다. 집안이 풍비박산 난 채 어머니와 3남매가 외갓집 근처로 낙향하게 될 줄이야. 어머니는 당장 식구들 끼니를 해결해야 하는 지경이 되었다. 농가의 품팔이부터 식당일, 떡장사, 과일장사, 안 해본 일이 없다. 그 중 가장 오래한 일이 새우젓 장사였다. 새우젓과 건어물을 잔뜩 담은 함지를 이고 "새우젓 사려!"를 연방 외치며 골목마다 해종일 걸어 다니셨다.

졸지에 조신한 서울댁에서 '새우젓 어멈'이라 불려졌다. 사십대 초반 한창 꽃빛일 때, 마을 사람들에게 넉살스런 웃음으로 단골을 확보해 나갔다. 물건 값으로 받은 쌀과 보리, 콩, 등을 이고 들어오신 저녁이면 온몸이 소금버캐다. 삶의 무게를 고스란히 짊어지신 어머니, 비라도 오는 날엔 쉬면 좋으련만, 물건을 보충하러 50여 리 떨어진 읍내 도매상에 가서야 했다. 꽃피고 낙엽지고 또 신록이 몇 번 우거지는 계절이 와도, 아버지는 감감소식이었다.

허나 어머니는 여름이 시작되면 아버지 모시 두루마기를 다시 곱게 다듬어 놓곤 하셨다. 풀기가 가슬가슬한 한산모시가 더위엔 더할 나위 없이 시원해 아버지가 즐겨 입었기 때문이다. 모시옷은 손질하기가 여간 까다로운 일이 아니다. 풀기를 적당히 먹여 꼬들꼬들 말라갈 때쯤, 비틀린 씨올 날올을 일일이 바로잡아 다림질해야 한다. 날마다 국방색 몸뻬바지에 행주치마를 두르고 장사를 해야 되는 형편에, 모시옷을 손질하는 어머니의 고충을 그땐 짐작도 못했다. 피땀 어린 고생 줄에서도 아버지의 옷을 공들여 간직했던 어머니. 아마도 이제나 저제나 남편에 대한 그리움과 기다림이 간절했으리라.

장장 6년 만이다. 어머니의 기도와 정성이 통했는지, 내가
고등학생 때 여름 아버지가 귀가하셨다. 그동안 강원도 깊은
산골에 화전을 일구며 사셨다고 한다. 일은 건성이고 서울만
빼고 남한 일대를 구석구석 유람하셨다는 말씀에, 어머니는 어
이없어 하셨다. 행여 다른 식구가 딸려 오지 않은 것만 다행이
라 여겨, 추레한 점퍼 대신 모시옷을 꺼내 입혀드렸다. 아버지
는 가까운 곳에 가실 때도 중절모에 두루마기까지 행장 차리
기를 좋아하신다. 바깥 생활에 이력이 나셨을까. 귀가한 이후
에도, 집안 애경사며 이런 저런 일에 젤 먼저 앞장을 서는 분이
다.

　　해와 달을 실은 수레바퀴가 나이테를 감으며 잘도 굴러갔
다. 서서히 친정은 평정을 되찾아 상경하였다. 몇 년이 흐른 뒤
에도 외가 마을 사람들은 어머니를 만나면 새우젓 어멈이라 불
렀다. 아버지의 호칭은 당연한 듯 천하풍류 모시 두루마기다.
캄캄한 절벽을 만났을 때, 소매를 걷어붙여 정면 돌파하신 엄
마 편에 물론 나는 엄지척이다. 그런데 졸업, 입학, 각종 행사
엔 근사하게 차려입은 아버지가 참석하기를 은근히 바랐다.
멋진 옷도 안 입고 새우젓 냄새가 찌든 어머니의 촌스러운 모
습이 창피했다. 불효를 뉘우치고 감히 용서를 비는데 평생 걸
려도 모자란다.

옛날 생각도 잠시 남편은 새우젓 호박볶음과 밥 한 그릇을 뚝딱 해치운다. 맛나다며 하회탈 같은 웃음을 마주한 나는 모처럼 칭찬에 우쭐했다. 감동을 받았나, 그토록 싫어하던 새우젓 음식이 이제야 구미가 당기기 시작한다. 굽이굽이 넘어온 고갯길 그 너머, 배고플 때 밥이 되고 내 교복이 됐던 어머니 냄새다.

창밖 울타리에 호롱불을 켠 듯 호박꽃이 환하다. 꽃자리마다 애호박이 주렁주렁 풍년이니 새우젓을 넉넉히 사 두어야겠다. 순간 소금꽃 핀 얼굴로 골목을 떼 매는 새우젓 어멈의 "새우젓 사려!" 소리가, 쩌렁쩌렁 말발굽처럼 달려온다. 가슴이 저릿저릿 울컥 목이 멘다.

아버지의 친필 세보(世譜)

.

.

.

    지역 문화원으로부터 [파주시 세거성씨世居姓氏 기초현황 조사표] 작성을 의뢰 받았다. 우리 내외가 선조부터 오랫동안 향토에 뿌리내리고 사는 토박이라 생각한 듯하다. 항목을 살펴보니 파시조派始祖, 입향조入鄉祖, 입향入鄉 시기와 계기, 인물, 시제일, 선영, 주요의례, 종친규약 등을 기재하는 일이다.

    남편 성 씨 내용은 기록하기가 수월하다. 파주에서 태어나 지금까지 살고, 책장 속 한 자리 장장 12권의 순흥 안 씨順興安氏 족보가 차지했다. 해마다 시제, 종친회에 참석하기도 한다. 하지만 출생지가 서울인 나는 남편가家로 온지가 53년이나 됐고, 친정부모님 돌아가신지 오래되어 조사표를 작성하기가 쉽지 않다.

    아는 내용이라곤 본관이 인동 장 씨仁同張氏 이며, 고려삼중대광공高麗三重大匡公 시조始祖 장금용張金用 태상향파太常鄉派

23대 손孫이다. 선조의 파주 세거, 입향 시기도 정확히 아는 바가 없다. 단 고조 대부터 친정 직계와 친인척들이 접경지역 지금의 자장리에 살았다 한다. 한국전쟁 전까지 집성촌을 이루어 살았지만, 지금은 조부모님과 부모님 선영만 덩그러니 있을 뿐이다.

우선 인천 사는 남동생에게 족보를 부탁했다. 연락을 받자 대종회에서 출간한 족보와 붓글씨로 쓴 100쪽 정도 되는 화선지 엮음을 가지고 왔다. 나는 날근날근한 화선지 묶음에 먼저 눈길이 갔다. 소녀 때 친정 집에서 봤던 서책이다. 그 때는 붓글씨로 빼곡하게 쓴 한자를 읽을 수도 없거니와 관심도 없었다. 동생은 어렸을 적 아버지 부재 당시, 그 책장을 뜯어 제기를 만들어 놀다가 어머니께 회초리를 맞았다. 바로 아버지가 붓으로 친히 쓰신 '인동장씨세보仁同張氏世譜'였기 때문이었다. 평소 매를 잘 들지 않는 분인데 어머니의 노여움이 워낙 크셨나보다.

내가 결혼한 후 그 세보에 관해 어머니께서 얘기해주셨다. 기존의 족보에는 여자들 이름이 없고 본관과 성씨만 기록돼 있었다. 물론 어머니도 아버지 함자 옆에 진주 강 씨晉州姜氏로만 기록돼 있어서 강 씨姜氏 여자들은 모두 당신 아내냐고 항의를 했다고 한다. 일찍이 신학문을 접한 어머니께서 관습에 얽매인 여성에 대한 차별이 여간 못마땅하신 게 아니었나 보다. 해방 직후 아버지는 기존 족보의 직계만 소급하여 정리해 놓았다. 계보를 이어 보완작업과 동시 필사하셨다. 내가 예닐곱 살 때였다. 알전등을 켜 놓고 먹을 갈아 밤늦도록 무언가 쓰시던 기억이 어렴풋하다.

한국의 전형적인 족보가 그렇듯이, 우리 어머니들이 자식을 낳아 기르며 희생했어도 이름 하나 남아있지 않다. 남편가家의 그 두툼한 장서도 마찬가지다. 누대를 이어온 족보에는 남성들 성함만 울울창창하다. 생전에 뵈었던 할머님도 그저 전주 이 씨 외에는 실제 함자를 모르니, 대대로 효를 중요시 하던 집안의 아이러니가 아닐까.

최근에는 여성 이름도 같이 올리는 추세라 한다. 남편 순흥 안가順興安家의 족보도 여성의 이름을 첨가한 증보개정판 작업을 하고 있다니 바람직한 일이다. 남녀 모두 차별 없이 한가족간의 사랑과 존중을 표하는 일이 널리 번져나갔으면 좋겠다. 업적도 반드시 벼슬이나 직함 외에 봉사와 선행을 기록해두면 어떨까.

아버지의 친필세보를 살펴보았다. 윗대 조모님들 함자를 최대한 알아내어 첨가하고, 이후로 늘어난 후손들 형제자매, 며느리, 손자손녀, 이름까지 다 기록이 되어있다. 딸인 내 이름

옆에 사위 이름까지 인동장씨세보에 보였다.

파주시 '세거성씨世居姓氏 기초현황 조사표'를 다 작성하고 항목 중 시제일時祭日은 적지 못했다. 부모님께서 일찍이 기독교를 받아들여 친정 권속들은 명절과 그 외 연중 기일에 추도예배를 드려온 지 오래다. 단 해마다 청명일에 본관 경상도 구미시 옥계서원에서, 전국의 종친들이 모여 제향 한다. 오래 전 아버지와 같이 참석하여 종훈宗訓 해석을 들은 기억이 난다. 아버지의 친필 세보 앞 장에 큰 글씨로 된 숭조목종崇祖睦宗, 충효전가忠孝傳家, 후진양성後進養成, 사회봉사社會奉仕다. 1533년 중종38년에 기록된 인동 장 씨 종훈이다.

아버지는 집안에서부터 딸, 아들 차별을 않으셨다. 아들, 딸 막론하고 이웃과 사회에 필요한 사람이 되라며 특히 후진양성과 사회봉사를 강조하셨다. 시간 날 때마다 가회동 교회 피아노 앞에 앉혀 놓고 "우리 딸 숙이는 커서 선생님이나 피아니스트가 되면 좋겠다." 하시며 등을 토닥이곤 했다. 아마도 종훈宗訓에 근거한 훈육이자 사랑이 아니었을까.

굴곡진 사회 격변기에 가정이 풍랑을 만났었다. 대학에서 전공은 못했지만 아버지의 사랑이 내 안 골골마다 새겨졌던가, 개척교회를 거쳐, 고양시 작은 교회에서 반주로 봉사를 한다. 도서관과 문화원에서 문예창작을 열어 이웃들과 정서 함양을 나누고 있다. 아버지의 가르침을 아주 조금이나마 실천하고 있는 셈일까. 앉은뱅이책상 앞에서 돋보기를 쓰시고, 새로 태어나는 후손들 이름을 기록하신 손 때 묻은 화선지 갈피마다 따뜻한 숨결이 느껴진다.

밥이 힘이다

.

.

.

TV 화면마다 먹방이 유행이다. '삼시 세 끼', '한 끼 줍쇼', '더 먹고 가' 외에 음식을 주제로 하는 프로그램이 쏟아져 나온다. 그 중에도 '삼시 세 끼'는 말만 들어도 가슴이 뭉클하다. 보리밥에 된장찌개, 나물반찬이 전부여도 하루 세 끼 온전히 챙겨 먹으면 원이 없던 때를 겪었기 때문이다. 조팝꽃이 필 때면 고봉 쌀밥에 고깃국 한 대접이 아른아른 혼곤했다, 부모님은 자식들 입에 한 술이라도 더 떠먹이려 허리띠를 졸라매야 했듯, 식구들 하루 세 끼를 위해 등골이 조선낫처럼 휘었다.

남편은 여덟 형제자매로 혹독한 보릿고개를 건너왔다. 성장기에 늘 허기가 졌다고 한다. 마음까지 허기가 깊게 박힌 연유일까, 지금은 밥 외에 먹거리가 많지만, 굳이 삼시 세 끼 밥을 꼬박 챙겨 먹어야 한다. 고기와 술을 먹더라도 밥과 국이 들어가는 속은 따로 있다. 어쩌다 몸살이 나서 몸져누웠을 때도

죽을 마다한다. 게다가 꼬들꼬들한 된밥을 좋아한다. 한 때 농산물 출하장에서 일 한 적이 있었다. 개장이 오전 4시이다. 서울에서 금촌까지 시간에 맞춰 출근해야 하니 새벽 2시에 아침 식사를 해야 한다. 창밖은 곤한 잠에 빠진 듯 캄캄한데, 우리 집은 환히 불을 켜고 숟가락을 달그락거렸다. 나이든 지금까지 이른 아침밥을 고수하는 바람에, 나는 결혼 후 50여 년 새벽밥 짓는 일에 이골이 났다.

요즘이야 참으로 먹거리가 풍성하다. 개인의 식습관과 여건에 따라 하루 두 끼, 혹은 한 끼만 먹는 사람도 있다. 개개인이 성인병 예방, 다이어트를 위해 다양한 식사법을 선택하기도 한다. 우리도 식생활 개선을 하겠다고 시도를 해보았지만, 며칠 못가서 도루아미타불이다. 남편에게는 빵과 우유, 과일은 그저 간식일 뿐이다. 삼시 세 끼 규칙적인 시간에 밥과 국을 푸짐하게 먹어야 속이 든든하다고 한다. 어쩌다 밥시간이 늦는다 싶으면 어느새 식탁 언저리를 서성대며 헛기침 신호를 보낸다. 여행을 다닐 때도 멋진 풍광보다 맛집에 중점을 둔다.

코로나로 인해 외식마저 허용되지 않은 1년여, 나는 짜증이 턱 밑까지 차올랐다. 복중에는 끼니마다 국과 반찬 장만하기가 쉽지 않기 때문이다. 삼시 세 끼 밥만 고집하는 식성 탓에 볼멘소리가 터져 나오면, 남편은 못 들은 체 슬쩍 고개를 돌린다. 나 혼자만이라도 한 끼 정도 커피 한 잔에 토스트를 구워 마주 앉지만, 된장국 냄새, 김치 냄새에 가려 참맛을 잘 모르겠다. 영화처럼 우아한 식사로 하루를 시작하고 싶은 마음을 머릿속에서만 그려볼 뿐이다.

남편은 다행이도 내 음식솜씨가 형편없어도 절대 타박하지 않는다. 솥에서 우러난 음식은 가리지 않고 다 잘 먹는 편이다. 그러나 아이들은 반찬투정을 할 때가 있었다. 그러면 곧장 불호령이 떨어진다. 상머리에서 음식 타박하면 빌어먹을 팔자 된다며 짠지 한 쪽이라도 고맙게 먹으라고 유독 엄격했다. 두 어깨에 밥줄이 걸린 남편은 식구들 하루 세 끼만큼은 철저히 책임지려 애써왔다.

남편에게 있어 밥은 자신을 지탱해주는 하나의 신념과도 같다. 무거운 철골을 자르고, 구부리고, 상하차를 하는 육체노동을 가능하게 하는 것도 밥의 힘이라고 믿는다. 그런 남편에게 어찌 한 끼인들 빵조각이 가당키나 할까, 그 밥 힘으로 일을 하고 또 그 일들이 식솔들의 밥이 되었다.

지금은 밥이든 빵이든 어떤 요리든 취사선택하며 먹고 살 만해졌다. 그런데도 제금 난 자식들에게 '밥은 먹고 사냐?', '밥 잘 먹고 다녀라'가 늘 하는 안부 말이다. 우리 한국인들의 말 습관을 보면 남편만 그런 것 같지 않다. 웃어른에게 안부를 여

쭐 때도 '진지 잡수셨습니까?'하지 않는가. 오랜만에 만난 친구에게 첫인사가 '밥 먹고 살기 바쁘냐?'이고 '언제 밥 한 끼 먹자'가 상대에게 건네는 따뜻한 관심의 표현이다. 끼니를 제대로 잇기 힘들었던 우리 선조들의 고단함과 삶에 대한 의지가 밥이 들어간 말에 담겨있기 때문이리라. 김치 한 가지에도 맛있게 고봉밥 한 그릇을 뚝딱 해치우시던 시아버지의 얼굴과 남편이 겹쳐진다. 세 끼 밥만 고집하는 남편의 식습관이 촌스럽다고 지겨워하는 내가 시쳇말로 호강에 겨운 지도 모르겠다. 내 친구들이 식성 까다로운 자기 남편 입맛 맞추기 힘들다고 말할 때, 말없이 잘 먹어주는 남편이 고맙기도 하다.

오늘의 메뉴는 아침엔 쌀밥에 미역국, 점심엔 차조밥에 호박 된장찌개, 저녁엔 반미콩밥에 쇠고기뭇국이다. "오늘 아침 메뉴는 뭐야?" 하며 빈 식탁에 미리 앉아 음식을 기다리는 남편의 얼굴이 마냥 싱글벙글이다. 일 년 삼백육십오일 삼시 세 끼, 일용할 양식을 허락하시는 주님께서도 오늘은 남편의 웃는 얼굴을 보며 지겨워하지 않고 빙그레 웃으실 것 같다.

꽃에서 밥이 나오나 국이 나오나

.

.

.

겨우내 얼부푼 흙을 들치고 꽃대를 밀어 올린다. 모란꽃이 활짝 피었다. 화단에 봄을 한 수레 부려놓은 듯 홍백색 꽃숭어리로 가득 찼다. 꽃 중의 왕이라는 화왕종이란 이름에 걸맞게, 꽃술이 수북하여 달항아리만큼 크고 탐스럽다. 꽃말이 부귀영화여서 그런지, 부자가 된 듯 마음까지 환하다. 이맘 때 고궁 안뜰을 거닐다 보면 우아한 모란꽃 자태를 만날 수 있었는데, 마치 내가 왕후라도 된 느낌이다.

우리 화단에 모란이 피기까지는 아주 오랜 시간이 걸렸다. 화단이래야 사방이 시멘트로 덮여 마당 한 귀퉁이 한 평 남짓 남겨놓은 터다. 그나마 건물을 지을 당시 조경부지 주택법이 있어 콘크리트를 비껴간 곳이다. 맨 처음 비비추, 자주달개비, 산나리 등 추위에 강한 야생초를 심었다. 그러나 남편은 건물 준공허가를 받은 즉시 기다렸다는 듯 그 죄 없는 화초들을 죄다 뽑아버렸다. 내가 화를 내며 추궁하니까, 잡초인 줄 알았다고 변명하더니 나중에는 대놓고 "꽃에서 밥이 나오나 국이 나오나"하며 일축해버린다. 해마다 봄이면 화훼 농장에 같이 가서도, 화초는 거들떠보지 않고 오이, 감자, 호박 등 먹을거리만 잔뜩 사서 심어놓곤 했다.

남편은 흙 한줌 땅 한 뼘을 그냥 놔두지 않는다. 생전의 선친께서도 넓은 전답 외에 논두렁이며 밭두렁까지 부룩배기 콩을 심으셨다. 안뜰은 물론 바깥 마당가에도 남김없이 아욱과 댑싸리 등 실생활에 필요한 작물을 가꾸셨다. 딸들이 어쩌다 봉숭아라도 심는 날에는 꽃에서 "밥이 나오나 국이 나오나!"하시며 호통을 쳤다고 한다. 그 말씀은 대물림되어 가훈이 되었을까. 남편은 아버지의 철저한 현실 관념을 고스란히 이어가고 있었다. 덕분에 한여름 푸성귀를 사지 않아도 되고 고추, 상추, 토마토를 이웃과 나눠먹는 즐거움에 익숙해졌다.

그러던 이듬 해 봄 가업이 자재 가격 폭등으로 내리막길을 걷게 되었다. 남편은 직원을 줄여가며 가게 일에 골몰하느라 채소를 심고 가꾸는 일마저 손을 놓고 있을 때였다. 우연히 '인테리어 풍수'라는 TV 프로그램을 같이 보았다. 풍수 전문가 말에 의하면, 붉고 환한 모란꽃, 해바라기는 부귀영화를 불러온다고 했다. 실물이든 그림이든 가까이 두면 좋다는 말에, 남편은 지푸라기라도 잡는 심정이었는지 솔깃해하는 눈치였다. 이때다 싶어 나는 잽싸게 모란과 해바라기를 심고 울타리에 넝쿨장미도 올렸다. 속설을 믿었다기보다 남의 집 화단이며 울타리에 화사한 꽃을 볼 때마다 부러웠다. 내 집에 꽃밭 한번 갖고 싶은 숙원을 풀 수 있는 기회였다. 경기가 좀 안 좋기로서니 얼마나 긴 겨울 강을 건너왔던가, 고비쯤이야 또 넘으면 되리니.

오랫동안 남편의 영역이던 채마밭이 꽃밭이 된지도 어느덧 5년이 넘었다. 이젠 남편도 손수 개나리를 울타리 밖에까지 심는다. 모란뿐만 아니라 분홍장미, 노란장미, 봉숭아, 채송화, 백일홍이 철따라 만발한다. 가게에 들어오는 고객은 물론 지나가는 사람들도 함박 같은 웃음을 보탠다.

그런 연유인지 몰라도 가업의 어려운 고비를 차즘 넘긴 남편은 아예 꽃밭에서 산다. 닷새쯤 활짝 피었다가 뚝뚝 져버리는 모란을 아쉬워하며 연일 스마트 폰에 담아두기 바쁘다. 천리향이나 라일락처럼 멀리까지 호들갑을 떨지 않을 뿐, 실제 은은한 향이 속속들이 배어 있다. 삼국유사의 설화와는 달리 벌 나비도 부지런히 날아든다. 수굿한 동양미에 흠뻑 취한 나는 김영랑의 「모란이 피기까지는」을 읊조리곤 한다. 굳이 풍수 말고라도 꽃은 사람들에게 좋은 기운을 전하고 향기와 아름다움 자체만으로도 복을 부르는 게 아닐까.

우리 집 꽃밭에는 좋은 의미의 꽃말과 슬픈 속설을 가진 꽃들도 함께 어울려 핀다. 슬픈 꽃말의 할미꽃, 황순원 「소나기」의 죽음을 상징한 보라색 도라지꽃도 청초한 매력을 뽐낸다. 홀씨로 날아와 뿌리내린 제비꽃, 민들레는 삼월에 제일 먼저 봄소식을 알리며 오순도순 재잘거린다. 사월이 오면 달덩이만한 백모란, 홍자색 꽃숭어리 틈에 끼어 나도 그만 꽃이 되곤 한다. 경복궁 왕후의 기분을 만끽하며, 각양각색의 다양한 꽃들로 차려진 수라상을 받아놓고 밥을 먹은 양, 국을 먹은 양, 영혼이 배부르다.

황금 알을 낳는 아침

·

·

·

남편은 동이 트자마자 일어나 제일 먼저 화장실부터 간다. 전날 밤 만취를 했든 과로를 했든 50여 년 한결같다. 그런데 오늘은 평소보다 시간이 꽤 지났는데 영 나올 기미가 보이지 않는다. 노크를 할까, 열어볼까 하다 변비일지도 몰라 좀 더 기다렸다.

인내심이 바닥날 때쯤 가슴이 쿵 내려앉았다. 남편이 당뇨와 혈압도 있는데다 문 틈새로 냄새까지 솔솔 새 나오는 게 아닌가. 망설일 때가 아니다 싶어 문을 탕탕 두드렸다. "여보! 그 안에 무슨 일 있어요?" "아무 일도 아냐. 황금알을 낳고 있는 중이오." 의외로 태연한 목소리가 들려와 안심이 되었다. 뜬금없이 웬 황금알? 남편은 시간이 좀 더 지난 후 욕실 청소까지 하고, 샤워를 했는지 가운을 말쑥하게 갈아입고 나왔다. 싱글벙글 티슈에 싼 그 무엇을 내 앞에 내밀며 "자 황금알이오." 살펴

본 즉 깨끗이 닦은 노란 쇳조각이다.

발단은 엊저녁 메뉴 삼겹살이다. 남편은 오도독뼈가 박힌 고기를 유독 좋아한다. 씹히는 맛이 일품이라며 노릇노릇 구운 고기를 상추에 주먹만 하게 싸서 볼이 미어지게 밀어 넣는다. 게다가 쇠주 한 잔 걸치면 세상 사는 맛이 따로 없다는 듯 엄지 척이다. 오도독뼈를 꼭꼭 씹어 삼키며, 맛에 취해 기분에 취해 금니가 빠진 것도 몰랐었나보다. 간밤에 배가 살살 아프고, 어금니 부분이 횅한 것을 뒤늦게 안 모양이다. 날이 밝자 일어난 즉시 타일 바닥에 신문지를 깔고 앉아 주범 색출에 나섰다고 한다.

시장 입구 간판에 '금니 은수저 삽니다' 써 있다며 목에 힘을 준다. 요즘 금 한 돈에 25만 6천원 장난 아니니. 양변기에 흘려버리기 아까웠다는 남편의 지론이다. 그 투철한 경제관념 바람에 나는 이 날, 아예 입맛이 천 리 밖으로 달아났다. 아침밥을 먹지 못했지만, 그 찌그러진 금니야말로 우리 집 자산 유일한 금붙이가 된 셈이다. 결혼한 지 얼마 안 가 닷 돈 예물반지마저 쌀값과 월세로 처분했기 때문이다. 그 후에도 보석은 이름조차 모른다.

남편은 헌 물건이라도 허투루 버리지 않는다. 20대 후반에 잡화 장사를 한 적 있었는데, 그 때 팔다 남은 50년 넘은 플라

스틱 머리빗을 아직까지 쓰고 있다. 주홍색이 엷은 노랑이 되도록 바래고 뾰족했던 손잡이도 다 닳아서 뭉툭해졌다. 양말은 물론 속옷이 구멍 나면, 내가 쓰레기통에 버릴까 봐 미리 선수를 쳐 몰래 꿰매 입는다. 10년 전 딸이 아빠의 생일 선물로 유명 브랜드 셔츠를 사왔다. 보자마자 가격부터 물어 0을 하나 줄여 대답했는데도 금세 눈이 휘둥그레졌다. 물러오란 말은 차마 할 수 없었는지 아직 라벨도 떼지 않은 채 장롱에 고이 모셔져 있다.

반면 나는 그렇지가 않다. 3년 이상 쓰지 않고 입지 않는 물건이나 옷은 과감하게 버리거나 재활용에 내놓는다. 그럴 때마다 남편은 다시 살펴 창고 한쪽에 슬며시 들여놓곤 한다. 조명 불빛이 아름다워 현관이나 구석진 복도에 불을 켜두면 어느 틈에 꺼버려 하루에도 몇 번씩 켰다 껐다가 반복된다. 금니 소동만 해도 도저히 나는 못 따라 한다. 오히려 3년 전 금니를 교체할 때 간호사가 챙겨줘도 놔두고 왔다. 남편이 알면 일장 연설과 핀잔을 주고도 남으리.

고령인 남편이 행여 큰일이라도 났을까 봐 철렁했던 가슴이 진정됐다. 거실 공기도 평정을 되찾았다. 남편은 금니 조각을 쏨쏨이 큰 아들에게 유산으로 남겨주자고 한다. 백세를 산다 해도 살날 길지 않으니, 이참에 정신 맑을 때 자산 정리를 해 두자는 취지로 자연스레 화두를 옮겼다. 자산이라야 살고 있는 집터 하나, 여생을 별고 없이 살면 다행이다. 단지 물려줄 것이 있다면 절약정신 아닐까. 남편은 금니 얘기를 글로 남겨 후손들이 읽어 볼 수 있도록 내게 당부까지 한다. 새벽부터 황금알 소동에 어이없었지만, 언제 닥칠지 모를 끝 날을 위해 유언 리스트에 한 줄 더 추가하기로 모처럼 뜻을 모았다.

탁자 위에 금니 조각을 바라보며 잠시 생각에 잠긴다. 과연 훗날 후손들이 어떻게 생각할까. 남편의 바람대로 찌그러진 금니 조각을 보게 될 후손들의 반응이 궁금해진다. 궁상맞다고 할까, 스크루지 구두쇠 영감 자린고비라 비웃을까, 아니면 이솝우화 "황금알을 낳는 거위"를 선조로 두었다고 자랑스러워할까.

자손들이 할아버지를 구두쇠라고 놀릴지도 모른다. 허나 자신만을 위해 사는 이기적인 사람이 아니었고, 가족을 위해 자신을 희생시킨 분이었다는 사실은 누구도 부정하지 않을 것이다. 사실 젊은 날 맨주먹으로 출발해 지금 이만치라도 사는 것은 남편의 근검절약이 큰 몫을 했다. 작업장에서 나온 몽당연필만 한 쇠토막도 한 자루씩 모아 리어카 노인에게 주고, TV 화면에 소개되는 기아 난민을 보고 서슴없이 ARS번호를 꾹꾹 누르곤 한다. 나의 후손들이 할아버지를 본받아 알뜰살뜰 낭비하지 않기를 바란다. 다른 것은 몰라도 남편의 근검절약 아이콘만큼은 천냥 금메달감 아닌가. 오늘 아침 공들여 낳은 황금알이 거실 한 가득 반짝반짝 빛나고 있다.

복사꽃 마을, 절집

.

.

.

큰딸 지은이가 손녀를 데리고 친정에 다니러 왔다. 요즘 학생들은 휴일에도 쉴 틈이 없다는데, 할머니 할아버지가 보고 싶어 방학을 손꼽아 기다렸다니 기특하고 대견스럽다. 둘 다 얼굴빛이 발그레 꽃물이 돌아 친정 어미인 나는 내심 안심이 된다. 딸이 벌써 학부모가 됐지만 내게는 늘 어린애처럼 느껴진다.

유독 복숭아를 좋아하는 모녀를 데리고 근처 마트에 갔다. 원두막 모형에 매미 소리까지 세팅해 놓은 과일 코너엔 참외, 수박, 포도 제철 과일이 여름철 풍미를 한껏 뽐내고 있다. 그중 '감곡 햇사레 수밀도'가 금세 입안의 단맛을 고이게 한다. 이를 본 딸내미가 반가운 기색을 하며 함박웃음을 짓는다. 나는 복숭아 세 상자를 카트에 얹었다. 생산지 '감곡'이라 표기된 글자를 보니 지난 날 딸아이의 결혼에 얽힌 우여곡절이 동영상처럼 스친다.

딸은 서울에서 대학교를 졸업하고, 소르본느 대학에서 디자인을 전공했다. 국내 든든한 직장의 모자 디자이너로 탄탄대로를 달리고 있어서 자주 중매가 들어오곤 했다. 몇 군데 매번 손사래 치던 딸은 어느 날 애인을 집으로 초대했다. 둘 다 혼기가 넘어 첫 대면에 바로 결혼 얘기를 꺼냈다. 큰딸 아래로 혼기가 찬 막내도 있기 때문이었다. 서둘러야 할 상황인데, 사윗감 직장도 내 맘에 차지 않고, 당장 혼수를 들여놓을 전월세조차 구할 수 없는 형편이라고 한다.

평소 나는 결혼에 대해 믿음과 사랑이 우선이라 생각해왔다. 젊은 나이에 경제적인 문제가 뭐 대수인가, 서로 아껴주고 가치관이 맞으면 그 이상 무얼 바랄까. 본인들의 선택을 존중해야 한다고 늘 얘기했지만, 막상 내 앞에 닥치고 보니 심각했다. 자식 교육을 위해 궂은일 마다 않고 뒷바라지 해온 부모로서 무척 속이 상했다. 최고 학부를 나와 어엿한 직장인이 된 딸의 결혼상대라면 웬만한 전셋집 정도는 마련해야 한다고 생각했다. 다른 부모들은 그보다 더한 조건을 다는 것이 보통 엄마들 마음이라고 스스로를 합리화했다. 자식 이기는 부모 없다고 적극 말렸지만 허사였다. 결국 딸은 혼례비용을 최소한 줄여 조촐한 예식을 올리고, 서울의 작은 서민아파트에 보금자리를 꾸렸다.

어렵게 튼 신혼 둥지는 1년이 채 되지 않아 이사를 가게 됐다. 사위가 충청도 감곡에 새 개인사업을 시작했기 때문이다. 딸 역시 서울에서 다니던 직장을 그만둘 수밖에 없었다.

겨울바람을 견디고 꽃샘추위도 보낸 나뭇가지가 꽃망울을 터트렸다. 이사 간 후 처음 나와 남편은 딸아이 집을 향해 나섰다. 초행길인 만큼 내비에 목적지 주소를 꼼꼼히 입력하고 서행을 했다. 고속도로를 진입하면서 긴장한 탓인지 영동고속도로 이정표에서 그만 길을 잘못 들어섰다. 서산에 노을이 지고 있는데, 내비만 의존한 채, 낯선 길을 오가며 이마와 등줄기에 땀이 주르륵 흘렀다. 샛길로 접어들어 겨우 트랙터 한 대 오가는 농로를 더듬기도 하고, 울퉁불퉁 흙길을 헤매다 시퍼런 저수지를 만나기도 했다. 산모롱이 가파른 길을 한참 돌고 돌아 드디어 산그늘이 짙은 기슭 아래 나름 아담한 전원주택 앞에 간신히 당도했다.

차 소리를 듣고 딸아이가 뛰어나왔다. 이미 뒤틀린 심사에 내 속은 부글부글 끓고 있는데, 언뜻 보아도 얼굴이 복사꽃처럼 환하게 피었다. 안으로 들어가니 앞이 탁 트인 거실 통유리 창밖으로 마을과 들녘이 훤히 내려다보였다. 올라올 때 못 보았던 고샅길에 산 벚꽃이 한창이다. 꽃가지를 흔들던 새 떼가

포르릉 날아오르고, 골짜기에서 흘러내리는 물소리가 청량하다. 과수원의 복숭아꽃이 포말처럼 부서지는 산 아래 옹기종기 낮은 지붕 사이로 예배당 종탑이 솟아있다. 금방이라도 저녁 종소리가 울려 퍼질 것 같은 산골마을이다.

어스름이 깔리자 사위가 작업을 마치고 돌아왔다. 아직은 써늘하다며 벽난로에 마른 장작을 넣고, 불을 지피는 어깨를 보니 순간 마음이 짠해진다. 저 등에 실린 가장의 무게가 힘겹지나 않을까. 결혼 전 조건을 합리화했던 내 소견머리가 미안해진다. 넓은 유리창 안으로 별 무더기가 차르르 쏟아지고, 나무마루에 둘러앉아 와인 잔을 기울이는 가족의 오붓한 밤이 깊어갔다.

그 집은 본래 절이었다고 한다. 집주인이 대대로 부처를 모시는 집안이라 절을 지어 바쳤는데, 아들이 살림집으로 개조해 세를 두었다 한다. 정말 날이 밝아 뒤란을 살펴보니 깊은 산속이다. 그래 그런지 딸이 주일에 교회에 나갔더니 사람들이 알고 절집 새댁이라 부르더라는 것이다. 병풍처럼 두른 뒷산을 배경으로 봄볕이 흐드러진 복숭아밭은 무릉도원에 비할까. 꽃가지 사이사이 어느 것이 꽃이고 나비인지 모르게 황홀경에 잠시 빠지기도 했다. 그런데 간간이 내 안 깊숙이 시린 바람이 스며듦은 무슨 까닭일까.

다녀온 그 이듬 해 딸이 친정에 와 몸을 풀고 산후조리를 마쳤다. 아기와 함께 데려다주기 위해 다시 가보니 달포를 비운 사이 마당에 잡초가 무성했다. 집안 정리를 끝낸 나는 잠시 나와 풀을 뽑다가 그만 소스라치게 놀라 뒤로 자빠졌다. 뱀이 줄 몰했기 때문이다. 남편과 나는 한 이틀 묵어 방충망이며 틈새마다 꼼꼼히 죄다 틀어막는 작업을 하고 아기 보호를 철저히 일러두었다. 거기 다녀올 때마다 배웅하는 딸의 손 흔드는 모습을 보며 마치 우물가에 놓아둔 아기 같아 안타까워하곤 했다.

그 절집에서 갓난아기였던 손녀가 벌써 중학생이 되었다. 그동안 딸네는 다른 생업을 따라 그 후에도 몇 군데 소도시로 이사를 다녔다. 어언 오십 줄에 접어들어 다행히 생활도 안정되고, 서울에서 제법 번듯한 아파트에 살고 있다. 고생을 해보아서 그런지 세상사에 대한 이해의 폭도 넓어서 나랑 대화가 잘 통한다. 남편이나 아들에게 하지 못한 속말을 나눌 때는 딸이 아니라 친구처럼 여겨질 때도 있다.

식탁에 둘러앉아 손녀와 함께 오늘 사온 복숭아를 먹고 있는 딸에게 물었다. 지금까지 결혼생활 중 어느 때가 제일 행복했냐고. 내 말이 떨어지자마자 감곡 복사꽃 마을 살 때란다. 그 기억을 나는 떠올리기조차 싫을 만큼 가슴이 무너져 내리는데,

딸아이는 한 폭의 그림 같은 밀월로 남았다 한다. 그 시절로 다시 돌아갈 수 있으면 좋겠다며 절집에서 살던 얘기를 술술 풀어 놓는다. 손가락 사이로 떨어지는 단물을 핥아가며 수밀도를 몇 개째 먹고 있다. 딸과 손녀의 얼굴이 영락없는 감곡 마을 복사꽃 빛깔이다.

이사, 그 여정

.

.

.

인생은 나그네 길 어디서 왔다가

어디로 가느냐

구름이 흘러가듯 떠돌다 가는 길에

정일랑 두지 말자 미련일랑 두지 말자

인생은 나그네 길 구름이 흘러가듯

정처없이 흘러서 간다

갈바람이 소슬하다. 흘러간 노래 〈하숙생〉을 무심코 흥얼거린다. 최근까지 지니고 있던 아파트를 팔아서일까, 짙푸른 여름날도 저만큼 꼬리를 감추어 아쉽다. 그 집은 27년 전 분양 받아 이사 열다섯 번 만에 비로소 식구마다 자기 방을 따로 갖게 된 집이다. 자식들 다 키워 며느리, 사위, 손까지 온갖 추억이 아롱다롱 스며있다. 한때 식구들의 숨결이 밴 보금자리요,

안식처였던 시간과 공간이 홀연히 사라진 것 같아 매양 허탈하다.

12년 동안 거기서 살고, 사정이 생겨 사업장 터에 살림집을 짓고 옮겨 왔다. 바로 지금 살고 있는 여기가 열여섯 번째 집인 셈이다. 이사 올 때 아파트는 세를 주었다. 젊었을 적 피땀이 어린 집이어서, 어려운 고비가 와도 팔지 않으려 애써왔다. 하지만 해가 갈수록 여기저기 손 볼 곳이 많아져, 속을 끓이기도 여간 버거운 일이 아니다. 노년에 더 이상 낡은 건물을 관리하기엔 한계를 느끼던 참에 마침 사겠다는 임자를 만났다.

인생은 나그네 길이라 했던가. 한 곳에 머물지 못하는 게 삶의 여정인가 보다. 설령 태어난 집에서 살다, 그 자리에서 생을 다해도, 세월은 강물처럼 흘러 똑 같은 모습 그대로 머물지는 않는다. 삶을 실은 수레가 얼마나 많은 모퉁이를 덜컹댔던가. 여기까지 오는 동안 가파른 고개를 어찌 넘어왔을까.

맨 처음 층층시하 대가족 시댁에서 살았다. 우리 부부가 셋째이니 첫 아이 태어날 무렵 월세방을 얻어 살림을 냈다. 어렵다 보니 방 한 개에 마루를 사이에 두고 주인과 한 지붕 아래 사는 구조다. 일터가 바뀔 때마다 이사를 다녀야 했는데, 부엌을 같이 써야 하는 곳도 다반사다. 금세 둘째가 태어나 네 살이 되어, 제법 두 아이들 활동 범위가 넓어졌다.

좀 더 큰 방이 필요해서 찾아다니다, 하필 연탄가스가 새는 방을 간 적도 있다. 하룻밤 만에 식구들이 몽롱한 상태에서 다시 방을 구해 이사를 갔다. 월세에서 전세로 갔지만, 조금 넓을 뿐이지 단칸방이기는 마찬가지다. 모처럼 쪽마루와 부엌이 따로 있는 집이었다. 그런데 다섯 살배기 주인집 딸이 우리 딸내미 지은이를 허구한 날 때리고 쥐어뜯는 게 아닌가. 둘 다 꼬맹이니 타일러도 그때뿐이었다. 걸핏하면 얼굴에 손톱자국이 생겨, 2년이 채 안 돼 다시 이사를 갔다.

이래서는 안 되겠다. 젊어 고생은 금을 주고도 산다는데, 빚이라도 얻어 장사를 하기로 결심을 했다. 나는 12km 떨어진 읍내에서 장사하는 친구의 조언을 받아, 스물일곱 살에 장터에서 잡화점을 열었다. 서울 도매상에 다니랴 물건 판매하랴 눈코 뜰 새 없이 바빴다. 그 와중에 막내를 임신했다. 워낙 나는 입덧이 심해 열 달 내 자리보전을 해야 한다. 가게 목이 좋아 곧잘 되던 장사를 접을 수밖에 없었다. 3년 만에 가게를 넘기고 빚을 갚고 나니 주먹에 40만원이 남았다.

단칸방을 면할 때가 바로 이 때다 싶었다. 큰애가 아홉 살, 둘째가 일곱 살까지 식구가 한 방에서 살았다. 입덧이 어느 정도 가라앉고 배가 불러올 무렵 남편과 나는 방 두 개 전세방을 구하러 다녔다. 독채는 턱없이 돈이 모자라 주인과 같이 한집에 살아야 하는데, 가는 데마다 퇴짜를 맞았다. 부른 배를 아래위로 훑어보며 곧 아이가 셋 될 거라는 이유였다. 몇 날을 발이 붓도록 다녀도 얻지 못하자 용기를 냈다. 마침 남편이 농산물 출하장 일을 하게 된 연줄로 단위조합에서 또 빚을 얻었다. 가진 돈보다 두 배가 되는 액수다. 집을 담보한 조건이지만 드디어 금촌 읍내에 내 집을 장만하게 됐다.

결혼 10년 만이다. 작고 허름한 블록 집이지만 나름 방이 셋이다. 입주 첫날 아들이 이번엔 우리가 주인이냐고 묻길래 그렇다고 했더니, 동생과 밤늦게까지 온 집안을 쿵당쿵당 뛰어다녔다. 막내가 그 집에서 태어났으니 3남매 중 유일하게 셋방살이를 면한 아이다. 이를 시작으로 차츰 집을 늘려갔다. 자식들 교육 문제로 서울에서 맞벌이를 하며 10여 년을 살다, 다시 남편의 일터가 있는 파주로 돌아왔다. 첫 번째 내 집 장만이 종자가 되어 계속 지금까지 이어져온 셈이다.

아득히 굽이돌아 잠시 머물렀던 시간과 공간들은 다 나의 길이다. 하룻밤 지낸 연탄가스 방부터 세상에 없는듯한 내 집까지 모두 소중한 삶이다. 앙칼진 주인을 만났든, 후덕한 주인을 만났든, 한 시절 미운정 고운정이 들었다. 한 집에 방 하나씩 얻어 다섯 가구가 살 때는 서로 찐 감자, 부침개를 나눠 먹으며 웃음꽃을 피웠다. 나를 지으시고 어느 때 어느 공간이든 우리 가족과 함께한 그 분이 계시기에 걷는 길은 모두 아름답다.

　평생 살 것 같은 내 집인들 한 순간이 아닐까. 어느 시인은 지상에 잠시 세 들어 산다고 했다. 천상병 시인은 인생을 아름다운 소풍이라 했다. 소풍을 날마다 가는 것도 아니니 가진 것도, 잃는 것도, 누리는 것도 잠시일 뿐이다. 성경 말씀에 육신의 욕망과 눈의 욕망, 살림살이의 자랑거리는 세상으로부터 나온 것이라 했다. 모두 사라질 것이고 영원한 것이 없다. 하나님의 뜻을 행하는 사람은 영원히 남는다고 했듯 본향의 집만이 영원히 살 수 있는 안식처가 아닌가. 나그네 길 같은 지상의 남은 여정, 그분의 뜻 가운데 머물기 위해 다시금 맘속 깊이 신발끈을 조인다.

다듬잇돌

.

.

.

거실 한 구석에 다듬잇돌이 의연히 앉아있다. 할 일을 다 끝낸 후 고요에 든 듯 회백색 자태, 아스라이 울퉁불퉁 삶의 궤적을 고스란히 받아낸 결마저 반들반들 윤이 돈다.

다듬잇돌은 53년 전 우리 부부가 제금 날 때 시어머니께서 물려주셨다. 살림목록 중 제일 오래된 어른인 셈이다. 물려줄 당시에는 그 무거운 돌을 신접살림 나는데 왜 주시나 싶어 속으로는 탐탁지 않았다. 혼수로 해온 전기다리미가 있기 때문에 극구 사양했는데도 "내 쓸 건 또 있느니라. 있구말구"하시며 굳이 달구지에 실어 놓았다. 애써 얹어주신 시어머니의 속내를 알기까지 그리 오랜 시간이 걸리지 않았다.

까마득 소실점 너머 시어머니의 다듬이 소리를 따라가 본다. 또드락 딱딱 또드락 딱딱 뚝딱 뚝딱 따다닥 딱다다다…대청마루에서 시작된 중중모리, 자진모리, 휘몰이가 동구 밖

느티나무 언저리까지 유장했다.

시댁은 전형적인 가부장적 집안이다. 내가 시집 왔을 때 층층시하 8남매 자녀 손까지 열다섯 식구가 한집에서 살았다. 당시 한국 가정들이 보편적으로 남성 중심이었듯 시댁도 모든 대소사를 남자들 중심으로 이루어갔다. 소위 기둥이고 대들보인 남정네들 대화에 아녀자가 끼어들지 못했다. 어쩌다 의견을 표하려 들면 곧바로 '어음!' 제지의 신호음이 불처럼 떨어졌다. 종종 남자들이 한 눈을 파는 일이 생겨도 꾹꾹 눌러 참아야 했다. 그야말로 여자들은 순종적이고 다소곳하니 목소리가 울 밖을 넘으면 안 되었다.

실제 종갓집 큰 시아버지는 소실까지 두고 사셨다. 설날이나 추석, 그 외에 크고 작은 집안일로 큰 시어머니를 뵐 때마다 정갈한 모습과 달리 그늘이 짙은 이유였다. 어머니는 큰 동서처럼 그리 될까, 늘 노심초사하셨다. 간혹 당신 영감님께서 바람 든 낌새라도 느껴지면 고개 넘어 외딴 집 단골 내를 찾아가곤 하셨다. 그런 날 밤에는 등잔불 아래 다듬이 소리가 창호문을 하얗게 밝혔다. 가슴에 서리서리 감아둔 말을 실타래로 풀면 파주에서 부산까지 세 번 갔다 올 만큼이라고 하셨다. 그 다듬이 소리는 화증을 내뱉지 못한 항변이자, 울 밖을 넘는 유일한 외침이었으리.

살림나서 살다 보니 다듬잇돌은 정말 없어서는 안 될 생활 필수품이었다. 무명천이 많던 시절 자주 갈아야 되는 이불 홑 청이나 베갯잇, 횃댓보, 평면이 많던 한복 등을 손질할 때, 다 리미보다 훨씬 기능적이다. 비단 그뿐이랴.

시가媤家의 유전자가 튀었을까. 신혼 시절이 지나면서 우 리 집도 바람이 불기 시작했다. 남편이 곤드레만드레 취해 들 어오고, 날밤을 홀딱 새고 오기도 했다. 그런 날은 북어를 다듬 잇돌에 올려 대가리부터 꼬리까지 자근자근 두들겼다. 멀쩡한 이불을 뜯어 빨아 푸새를 해 다듬이질을 한바탕 해댔다. 삐뚤 어진 올을 바로 잡듯 헝클어진 머릿속을 애써 추슬렀다. 치맛 자락에 매달린 자식들 초롱초롱한 눈빛을 바라보며, 백옥 같은 홑청이 펄럭일 때면 마음속 얼룩도 빠져나가는 듯 후련해지곤 했다.

아이들이 커가면서 진학을 위해 서울 아파트로 이사를 갔 다. 북어를 두드릴 일도, 이불 홑청을 다듬을 일도 차츰 없어졌 다. 층간 소음문제가 있고, 자동세탁기에 밀려 제 역할이 끝나 간 셈이다. 몇 번 버릴까 생각했지만. 어머니의 웅숭깊은 정이 배어있어 무려 열여섯 번의 이사를 다니면서도 선뜻 버릴 수 없었다.

시어머님이 구순 넘어 우리 집에 오셨다. 70중반 골골하는 큰며느리 보기 안쓰럽다는 이유였다. 그 때 솔직히 내 맘은 환갑 넘어 시집살이 하게 됐구나 싶었다. 노모는 살갑지 않은 셋째 며느리 눈치를 살피며 겉으로 태연한 듯 했지만, 속으로는 미안하셨나 보다. 이미 백발이 무성한 우리 부부에게 "너희가 백년해로 하는 것도 반은 다듬잇돌 효험이니라"하시곤 자신의 숨은 공덕을 은근 내 비치셨다. 어머니는 바람기 많은 집안에서 그 기운을 누르려면 무거운 돌을 가까이 두고 살아야 한다는 단골 내 점괘를 철석같이 믿어 오신 분이다. 당신께서도 속 앓이는 했을망정 종갓집 큰동서처럼 시앗 꼴은 안 봤다고 다듬잇돌 예찬론을 종종 펼치시곤 했다.

어머니 돌아가신 지 어언 10년, 한 집안의 희로애락을 간직하고 있는 다듬잇돌을 만져본다. 여자라는 이름으로 같은 집안의 어머니와 며느리로 대를 이어 걸어온 시공을 넘나들며 그 내면의 울림을 듣는다. 옹이를 맺고 풀며 나이테가 굵어지기까지 난타를 하며 바장였던가. 이파리들 파들파들 바람 잘 날 없던 삶은 고부를 더욱 단련시켰는지도 모른다.

어머니는 무조건적인 순종과 인내만으로 평생을 사시지 않았다. 벼랑을 만나면 눈 꼭 감은 채 폭포수로 흐르다가, 바위를 만나면 슬쩍 돌아나가듯 유연했다. 너른 가슴, 낮은 듯 높게, 느린 듯 빠르게 굽이쳤다. 포구에 닿은 후렴구 둥둥둥 피날레를 장식하며, 제 곡조를 이탈하지 않는 다듬이 소리를 지니셨다. 추수 끝낸 빈들, 땅에 기운 촘촘히 당겨 이듬 해 봄 어김없이 등을 내어 주는 대지처럼, 바람 암만 불어도 까딱 않는 성정이다. 말년까지 화분에 군자란 꽃대를 꼿꼿이 세워 주홍빛 꽃을 피워내던 어머니. 다듬잇돌처럼 무게중심을 잃지 않던 시어머니 등이 미동도 없이 고즈넉하다.

CHAPTER 3

숲, 거위벌레

숲, 거위벌레

　.
　.
　.

　녹음이 짙어지는 파주 감악산 여름 숲에 들어선다. 꽃들이 어우렁더우렁 제 빛깔로 수런거린다. 빨강, 노랑, 보라색, 길섶에 산나리, 벌노랑이, 엉겅퀴, 고만고만한 야생화가 키 재기를 하는 듯 발돋움을 한다. 한사코 길 한 가운데를 고집하는 질경이도 무리를 지어 하얀 꽃을 피웠다. 어디 꽃들뿐인가. 배롱나무, 느릅나무, 물푸레나무 초록 물결이 출렁댄다. 골짜기 너럭바위에 털썩 앉았다. 나뭇가지 사이로 곤줄박이, 직박구리가 듀엣을 한다.

　사르르 눈꺼풀이 내려오는데, 생태 해설사의 재촉에 못 이겨 굴참나무 군락지로 걸음을 옮겼다. 그는 꽃과 나무, 풀, 벌레, 새 등 숲 속 생태에 상당한 식견을 가지고 있다. 윤기가 도는 넓은 이파리들이 진초록 차일을 펄럭인다. 굴참나무 사촌쯤 돼 보이는 신갈나무, 떡갈나무, 상수리나무가 어울려 마치

참나무 집성촌에라도 들어선 것 같다.

헌데 이게 웬 일일까. 낙엽도 아닌 짙푸른 잎들이 뚝뚝 떨어져 있는 게 아닌가. 폭풍우가 몰아친 날도 없는데, 오솔길을 죄다 덮을 정도로 깔린 곳도 있다. 자세히 관찰해보니 연한 풋도토리가 가지와 깍정이 채 뎅강 잘려나갔다. 마치 사람이 전정가위로 도려낸 듯하다. 나는 숲 도사에게 도토리나무도 과실나무처럼 가지치기를 해주느냐고 물었다. 서로 웃음이 터진 순간 머리 위로 나뭇잎이 또 떨어진다. 우듬지를 향해 고개를 들어 봐도 나뭇가지 사이로 흰 구름만 살짝 고개를 내밀뿐이다.

범인은 바로 도토리 거위벌레 소행이란다. 해설사가 사진으로 보여준 이 곤충은 숲속의 재단사라는 별칭을 가지고 있다. 딱정벌레과로 크기가 약 9mm의 흑색 내지 암갈색이며 표면이 반질반질하다. 이 작고 예쁜 곤충이 범인이라니 믿어지지 않는다. 주둥이는 몸통과 달리 거위처럼 길어 이름값을 하나보다.

거위벌레의 산란기는 초여름부터 도토리가 영글기 전이다. 이때 기다란 주둥이를 연한 풋 도토리에 꽂아 구멍을 내 즙을 빨아먹으며, 그 속에 산란을 한다. 열매가 더 영글면 뚫기도 힘들뿐더러 애벌레가 먹지 못하기 때문이다. 떨어진 도토리를 살펴보니 하나같이 구멍이 뚫려 있다. 어떤 것은 넓은 이파리로 마치 포대기처럼 야무지게 감싼 것도 있다. 도토리 속에서 꼬물대는 애벌레는 나무 밑둥치나 낙엽진 땅 속에서 겨울나기를 해야 한다. 이듬 해 봄 번데기에서 부화해 비로소 거위벌레의 모양새를 갖춘다. 애벌레를 땅으로 보내야 할 때 새끼가 충격으로 다칠까 봐 잎과 가지 채 잘라 사뿐히 낙하시킨다.

새끼에 대한 벌레들의 간절하고 지극한 사랑, 그 놀라운 모성에 감동하는 순간 몰래 갓난아기를 화장실에 버린 사건이 생각난다. 어느 목사님 댁 대문 앞에 마련해 둔 베이비박스에 아기를 두고 가기도 한다. 가정 내에서 끔찍한 아동학대, 세상엔 경악을 금치 못할 일들이 벌어지고 있다. 이혼 부부가 서로 아이를 맡지 않겠다 하여 조손가정이 늘고, 고아원으로 보내지는 일도 허다하다. 물론 나름대로 말 못할 사정이야 어찌 없을까.

세상은 공평하지 못해 금수저, 흙수저라는 말이 있듯 엄마 찬스, 아빠 찬스라는 신조어도 생겼다. 대학도 직장도 힘들이지 않고 척척 들어가는 행태를 일컫는 말이 아닐까. 때문에 실력이 도토리 키 재기처럼 고만고만한 친구들이 문턱을 넘지 못하고 나락으로 밀려난다. 마치 채 영글기도 전에 떨어져 버리는 도토리처럼.

숲은 자연의 순리에 따라 꽃과 나무들이 필 때와 질 때를 스스로 알아 피고 진다. 민들레가 목련이 되려 하지도 않는다. 야생화는 야생화끼리 옹기종기 모여 살고, 수령 몇 백 년쯤 돼 보이는 소나무는 숲의 왕인 듯 우람한 자태로 위엄을 풍긴다. 그 주변에는 다른 식물이 얼씬도 하지 않고, 풀 한 포기도 잘 자라지 못하니 식물도 나름 서열이 있나보다.

멀리 볼 때 아름다운 숲도 기실 사람살이와 같은 생각이 든다. 어쩌면 생존경쟁에서 살아남아야 하는 치열한 또 다른 세상인지도 모른다. 개똥지빠귀가 호랑가시 열매를 마구 따먹고, 때까치가 뱀을 잡아 나무에 걸어놓는다. 오목눈새 둥지에 몰래 알을 낳아 제 둥지인 양 시치미 떼는 뻐꾸기 울음소리가 천연덕스럽다. 굴참나무가 애써 맺은 도토리들을 거위벌레에게 싹둑 벌목 당하지 않던가. 그래도 숲은 풀, 나무, 새, 거위벌레의 모성까지도 아름답다고 저들끼리 사운거린다. 아마도 조물주로부터 면죄부를 받았나 보다.

뉴스는 연일 엄마 찬스를 두고 뜨겁다. 미처 영글기도 전에 떨어진 도토리들의 아우성이 들끓는다. 디케의 저울추는 어느 쪽으로 기울까. 울울창창 산빛은 숲 속에 있고, 세상사는 세속에 있을 뿐, 한낱 속진을 헹궈내라 숲이 내게 넌지시 일러준다. 산등성이가 햇살을 받아 윤슬처럼 반짝이고, 빽빽한 편백나무 피톤치드 싱그러운 향기가 하산 길 온몸을 감싸고 돈다.

늙은 호박 만세

·

·

·

눈 뜨자마자 뒤란을 돌며 하루를 시작한다. 담장에 호박잎이 넌출넌출 파도를 치고, 이슬에 젖은 초록이 햇귀를 맞는 풍경을 보며 나는 활기찬 생명력을 느낀다. 호박꽃은 호롱불을 켠 듯 마음까지 환하게 밝혀준다. 덤으로 야들야들한 호박을 따는 재미까지 쏠쏠하다.

행여 따는 시기를 놓칠까 봐 호박잎을 들춰가며 샅샅이 살핀다. 애호박은 딸 때가 지나면 연한 맛이 없어지므로 이틀 걸러 따내야 한다. 촉촉한 연둣빛을 손에 쥐는 촉감도 보드랍거니와 여느 꽃들 못지않게 예쁘다. 코로나19로 마트에도 마음놓고 못 가는데 찬거리를 보태주니 집안 살림에도 한몫을 하는 셈이다

처소가 지나고 갈바람이 들 무렵 아니 이럴 수가, 남편이 구부정하게 늙어버린 호박을 따들고 오는 게 아닌가. 불룩한 모

양에 길이가 족히 50센티 남짓하고 색깔도 누릿하니 볼품이 없다. 맷돌호박은 숙과용이라 가을까지 두지만, 애호박 종자는 늙어지면 반찬을 해도 식감이 떨어져 영 마땅치 않다. 그토록 아침 저녁 둘이 번갈아 막대기를 휘저어 살폈는데 눈에 띄지 않았다니 어디 숨어 있었을까. 하도 궁금해 가보니 호박넝쿨 옆에 나팔꽃 넝쿨이 얽혀 있었다. 눈뜬 소경이라 했던가. 아침마다 나팔 소리를 들려주는 고 예쁜 보랏빛 나팔꽃에 순간 한눈이 팔렸던가 보다. 호박은 커가면서 혹여 주인의 눈에 띄기를 이제나 저제나 기다리지 않았을까. 나팔꽃에 뒤질세라 넝쿨손을 뻗어 햇볕을 그악스레 끌어당겼으리.

조금만 관심을 두었어도 눈에 띄지 않았을까. 아쉬움이 채 가시지 않은 채, 며칠 전 일이 생각난다. 핸드폰에 낯선 번호가 뜨면서 벨이 울렸다. "여보세요 저 문예반 김○순입니다." 글짓기를 가르쳐줘 고맙다는 인사를 거듭하며 주소를 알려 달라는 통화였다. 도서관 문예교실 대면 수업을 종강한 지 일 년이 지나 가물가물했지만, 무척 조용하고 겸손한 분이라는 기억이 얼핏 떠올랐다.

삼사십 명이 공부하는 문예반 풍경은 참으로 아롱이다롱이다. 학력과 연령층도 다양해서 초등부터 학, 박사까지 10대에서 80대를 넘나든다. 보통은 톡톡 튀는 목소리와 함께 빨강, 파랑, 노랑 저마다 색깔을 자랑하고 있다. 내게 폰으로 인사를 해온 그는 엷은 미색을 지녔다. 70대 중반으로, 항상 맨 끝의 줄 구석자리에 없는 듯 앉아 있어, 어느 누가 그에게 큰 관심을 보이지 않았다.

전화를 받은 사흘 후 그의 이름이 찍힌 일기체 수필집이 배달되었다. 작품집은 놀랍게도 1천만 원 고료 "우수출판콘텐츠 선정작"이란 동그란 마크가 표지에 반짝이고 있지 않은가. 와우! 이런 기쁜 일이, 탄성이 절로 나갔다. 글을 써 낼 적마다 틀린 글자가 많다며 부끄러워하던 모습이 떠올랐다. 눈도 침침했을 텐데, 앞자리로 앉혀드려 세심한 배려를 하지 못한 내가 오히려 죄송스럽다.

젊고 예쁜 동기생들이 백일장에서 수상 소식을 전해올 때, 그는 외따로 앉아 영글어가고 있지 않았던가. 여생 동안 자신의 버킷리스트에 본인의 이름이 찍힌 책을 내보는 것이 꿈이라고 책 내용 중에 고백하는 부분이 있었다. 얼마나 긴 시간을 묵묵히 갈고닦았으랴. 그는 자신의 글을 누군가 읽어주기를 꿈꿔오지 않았을까. 관내 문화원, 도서관, 온라인, 오프라인 전국 대형 서점에는 지금 그의 이름이 또렷한 책이 줄줄이 뜨고 있다.

싱싱한 아침을 불어대던 나팔꽃에 가려졌던 늙은 호박에

자꾸 눈길이 간다. 이 커다란 호박을 어찌할까. 궁리 끝에 호박죽 생각이 났다. 기억을 더듬어 친정엄마 래시피를 되살렸다. 먼저 껍질을 벗겨 반으로 가른 다음 씨를 빼고 나붓나붓 썰어 푹 익혔다. 그 다음 찹쌀가루, 강낭콩. 팥, 새알심까지 넣어 호박죽을 완성하니 제법 별미다. 아침식사 대용으로도 제격이고, 무엇보다 양이 많아 이웃과 나눠먹을 수 있어서 좋다. 앞뒤, 옆집에 한 대접씩 퍼 돌리며 서로 웃음까지 얹어 흐뭇하다.

그동안 나는 얼마나 풋내 나는 글쟁이였던가. 공연히 조급해하며 쉽게 무엇이 되려하고, 조그만 성과에도 대단한 양 나타내려 바빴다. 씨알이 크고 단단히 여문 늙은 호박처럼, 이 가을 내 안이 옹골차게 영글기를 다짐해본다. 나팔꽃은 여전히 아침 나팔을 불고, 배꼽이 안 떨어진 새끼 호박과 일부러 남겨둔 배불뚝이 호박이 한울타리에 주렁주렁 매달려 있다. 한층 서늘해진 갈바람이 만 갈래 햇볕을 고루고루 실어 나른다.

로봇청소기

.

.

.

눈발이 날린다는 TV 기상예보가 적중할 듯 희뿌연 하늘이 낮게 내려앉았다. 몸도 마음도 찌뿌듯하니 잿빛이다. 손가락 하나 까딱하기 싫어 집안 청소를 클레보에게 시켜둔 채, 커피 한 잔을 타들고 소파에 폭신 기대앉았다. 그러나 이내 일어설 수밖에 없다. 클레보가 또 말썽이다.

클레보는 3년 전 큰딸이 데려온 청소 담당 로봇이다. 처음에 왔을 때는 기운이 넘쳤다. 마루, 안방, 건넌방, 문턱까지 단박에 넘나들며 주방까지 청소를 깨끗이 끝내고서야 스스로 충전 홈에 거뜬히 안착을 하곤 했다. 성능이 좋아 마음 놓고 맡겼는데, 몇 달 전부터 청소를 하는 둥 마는 둥 내 눈치만 살피며 꾀를 부린다. 마루를 반쯤 쓸다 말고 슬금슬금 충전 홈으로 쑤욱 들어버리기 일쑤다.

오늘은 충전 상태가 양호한 것을 확인하고 운전을 시켰는데, 잠시 도는 척만 하더니 벽면이며 의자 다리에 자꾸 부딪기만 한다. 비틀거리고 몇 번씩 뒷걸음질 치다 겨우 충전 홈에 들어간다. 삼세 번째 꺼내 작동을 시도했지만 마찬가지다. 한 술 더 떠서 아예 제집 찾기도 잊었는가, 거실 한가운데 오도카니 멈춰버린다.

무슨 연유일까, 우선 서랍 속에 잔뜩 모아둔 가전제품 설명서를 뒤적여 살펴본다. 스무 가지가 넘는 에러코드와 해결책이 나와 있어, 반신반의 하며 다시 작동을 해본다. 과연 빨간 빛으로 'E31'이란 에러코드가 범퍼 위에 뜬다. 해결방법은 왼쪽 범퍼 부분을 가볍게 쳐 주고 바퀴에 보풀이나 머리카락을 떼어 주는 것이다. 옳지 됐다 싶어 실행을 해본 즉, 정말 회복이 되었는지 식탁 아래 바닥까지 골고루 제 할 일을 다 마친다.

로봇과 씨름하느라 미처 마시지도 못한 커피가 다 식어버렸다. 따라내고 새로 따끈하게 커피를 내리며 생각에 잠긴다. 한동안 아무런 문제가 없던 로봇클레보가 차츰 E3 충전실패, E21 왼쪽바퀴 빠짐, 등 하나 둘 이상이 생기기 시작한 것이 흡사 내 모습이다. 겉으로 보기엔 멀쩡한 것 같지만 청명한 가을 하늘이 침침하게 보이고, 겨울인데도 귀에서 매미가 운다. 작년엔 독감예방주사를 안 맞아 한 달여를 쿨룩거렸다. 어쩌다 중요한 약속을 깜빡 잊는가 하면, 늘 같은 자리에 있는 가구에 걸핏하면 부딪쳐 멍이 들곤 한다. 계절로 치면 생의 초겨울에 접어들어 군데군데 에러가 나 있는 셈이다.

병원에 가볼까 하다가도 까짓, 이 정도쯤이야 하는 자만심과 터무니없는 허세로 버텨왔다. 기계와 육체는 이상이 생기면 표시를 나타내 해결 방법을 찾을 수 있지만, 우리의 마음속 삶의 여정에서 알게 모르게 켜지는 에러는 얼마나 많을까. 사람들의 정신과 육체, 서로 간의 관계에서 보이지 않는 에러는 참으로 알기도 힘들뿐더러 대처하기도 어려운 게 아닌가. 육체이건 정신이건 알지 못하는 사이 무리하다가 커다란 장애에 당면하기도 하고, 알면서도 게으름 피다 낭패를 겪기도 한다.

해마다 김장을 하고 나서 끙끙 앓는 내게 '이제 무리하지 말고 사서 먹자'고 한 남편의 말을 무시한 채, 내 고집대로 엊그제 또 김장을 강행했다. 계속 어깨와 무릎이 욱신거렸다. 로봇을 눌러주듯 손으로 무릎을 주무르며 어깨를 톡톡 치고 있는데, 등골까지 쏴하니 소름이 돋으며 갑자기 기침이 터져 나왔다. 방에 있던 남편이 화들짝 놀라, 예방주사 맞았냐는 추궁과 함께 "자기 몸을 자기가 다스리지 않고 누구를 고생시키려 미련을 떨고 있느냐"고 핀잔을 퍼부었다. 결국 감기몸살로 한 주간을 꼼짝없이 앓았다. 제발 건강에 대해 겸손하라는 남편의 충고에, 고집만 펴다 식구들을 크게 힘들게 할 수 있겠구나 하는 생각이 들어 고개를 수긋했다.

로봇청소기 에러 메시지 중 가장 심각한 문제는 E45다. 너무 무리하게 쓰면 과부하가 걸려 생명인 팬 모터를 서비스 센터에 맡겨 갈아야 한다. 이 상태가 되면 배보다 배꼽이 더 커지는 결과다. 결국 수명이 다 돼가는 경고이기도 하다. 남편의 충고가 마치 이와 같은 경고의 서막을 일깨워준 듯 했다.

비단 눈에 띄는 에러 뿐이랴. 글쟁이 노릇 한답시고 우쭐대며 가족에게 살가운 정을 주지 않았다. 여고 동창과의 만남을 뜨악하게 여겼다. 모임 공문을 받고도 매번 밀쳐두어 소식이 뚝 끊겼다. 까칠한 성정에 긁혔을 에러를 점검하지 않은 채, 멀어진 연둣빛 해맑은 친구들의 비웃음소리가 이명처럼 맴돈다.

유리창에 싸락눈이 싸락싸락 내리기 시작한다. 일기예보와 다를 바 없는 내 무릎은 아직 클레보 메시지 점검 E31이다. 남은 생애에 E45가 나타나기 전에 내 몸과 정신의 보이지 않는 에러 점검을 위한 리스트를 짜야겠다. 어떻게 하면 멀리 있거나 만나는 사람마다 가까이 다가가, 맑고 환한 느낌을 주고 행복해할까. 청소기 안에 가득 차 있는 이물질을 탈탈 털어 비워내듯, 먼저 마음부터 헹궈야 할까 보다. 충전 스테이션에 안착한 로봇 클레보가 어느새, 충전완료(FULL) 파란빛을 켜 들었다. 소파에 늘어져 있는 나를 빠끔히 올려다본다.

트로트에 젖다 1

.

.

.

트로트가 TV 전파를 타고 공중을 유영한다. 불꽃 조명이 밤 하늘에 별처럼 쏟아져 내리고 무대 위로 분홍 꽃잎이 하르르 흩날린다. 국내외 각지에서 촘촘히 모여든 언택트 관중들도 열띤 환호를 보낸다. 슬라이드 영상을 배경으로 파랑 치는 청 보리밭이 출렁일 때, 나는 〈고향역〉을 따라 부르며 아스라이 소실점 너머 고샅길을 달려간다.

일 년 넘어 방송 채널마다 트로트 바람이 후끈 달아오른다. '미스트롯', '미스터트롯', '전국 트롯제전', 일일이 프로그램을 다 열거할 수 없을 만큼 다양하다. 코로나로 인해 몸과 마음이 침체된 요즘 유일한 볼거리다. 유소년부터 갓 데뷔한 새내기, 기성 가수들의 무르익은 노래까지 넘쳐흐른다. 음악에 문외한 이지만, 들을수록 구성지고 가슴이 저릿하다.

그 중 열세 살 유소년이 부르는 〈보릿고개〉는 심금을 울린다. "아야 뛰지 마라 배 꺼질라 가슴 시린 보릿고개 길 주린 배 잡고 물 한 바가지로 배 채우시던". 그 나이 또래가 보릿고개를 어찌 알까만, 서사를 풀어내듯 마치 그 시절을 겪기라도 한 것 같아 코끝이 시큰해진다.

연륜을 자랑하는 노장가수의 장장 3시간 공연 역시 불을 뿜는 듯 했다. 익히 들어온 곡명 외에도 새로 선보인 발표곡 〈테스형〉은 대박이다. 노래의 클라이맥스에서 "아 테스형 세상이 왜 이래 왜 이렇게 힘들어 사랑은 또 왜 이래 죽어도 오고 마는 또 내일이 두렵다" 절규하듯 꺾고 굴리고 털어내는 마디마디가 절창이다. 막걸리처럼 걸쭉하다가, 한이 서린 듯 흐느끼는 소리엔 넋을 잃고 빠져든다. 평생 한 우물을 파며 퍼올린 노익장의 저력을 유감없이 드러냈다. 아니나 다를까, 〈테스형〉은 단박에 떴다.

많은 노래들 중에도 유독 고향과 부모님에 대한 그리움, 지난한 삶을 대변한 곡들에 열광하는 이유가 무얼까. 공교롭게 열화와 같은 감동을 받은 두 곡의 노래가 서민들의 애환을 곡진하게 표현하고 있다. 〈보릿고개〉에서 보듯 끼니가 어려웠던 옛 시절을 돌아보게 한다.

열 세 살 되던 해 가세가 기울어 어쩌다 학교에 도시락을 싸 갔는데, 흰쌀은 가뭄에 콩 나듯 하고 노랑 좁쌀 투성이었다. 아이들이 닭 모이라고 놀려대는 통에 그 담부터 가져가지 않았다. 그나마 도시락이 없는 아이가 태반이었어도 즐겁게 어울려 뛰노는 골목마다 와자했다. 행여 내 새끼 배가 꺼질까 봐 뛰지 말라던 할머니의 걱정스런 지청구가 생생이 떠오른다.

〈태스형〉은 요즘 세태를 풍자한 노래다. 노숙과 집값 폭등, 청년실업, 비정규직, 설상가상 전염병까지 창궐하여 자영업이 속속 문을 닫게 되었다. 반면 기득권층의 빌딩은 높아만 가고 그 아래 그늘은 점점 깊어간다. 그러니 노랫말 중 세상도 사랑도 왜 이러냐고, 눈을 뜨면 다가오는 내일이 두렵다고 호소하듯 어려움에 처한 심정과 딱 맞아 떨어진다. 대중의 감동을 넘어 정치권까지 큰 파장을 일으켰다. 노래를 통한 작금의 현실이 누구의 책임인 양 서로를 탓하는 웃지 못 할 사태까지 벌어졌다.

더러 고깃국에 쌀밥이 물리기도 했다. 빈부의 격차로 인한 박탈감이 심해진 까닭인지 마음을 닫아거는 일이 허다하다. 앞뒷집 회색빛 콘크리트 벽 안에 누가 사는지조차 모른다. 트로트가 시청률 1위를 차지한다는 통계가 나왔다. 가급적 밝고 맑은 노래가 울려 퍼져 활력을 받는 시간이 됐으면 하는 바람이다. 더불어 서정적인 노래를 서로 향유하며 긁힌 마음이 순화되면 좋겠다.

보릿고개 시절엔 삼시 세 끼 밥 먹는 집이 드물었다. 그래도 싸리울 넘어 쑥개떡, 감자범벅을 넘겨주던 온정이 사뭇 순수하고 따뜻했다. 노래를 통해 포근한 고향에 닿아 한 아름 진달래꽃 꺾어주던 순정한 떠꺼머리도 만난다. 부모형제 둘러앉은 두레반상 한 술 보리밥 된장찌개에, 숟가락소리 달그락 네 박자 울려도 볼 일이다. 잔잔한 듯 여울목에 굽이치고, 끊어질 듯 다시 소용돌이치는 트로트 물결 속에 나는 오늘밤도 풍덩 빠져든다.

트로트에 젖다 2 – 팀 미션

.

.

.

서로 다른 음색이 고루 섞인 노래가 귀를 호강시킨다. 여럿이 한 팀이 되어 하모니를 이룬 멜로디가 꽃비처럼 흩날리고, 때로는 흥에 겨워 갈대처럼 춤을 춘다. 우리의 전통적인 음색과 서양의 현대적 음역도 어우러져 장엄한 퍼포먼스와 함께 오감이 짜릿하다.

명실공히 가수로 인정받는 길은 멀고 험하다. 신청자 2만여 명 중에 일곱 명만 뽑는다니 관문이 여간 높지 않다. 선발은 일곱 단계를 거쳐야 하는데 그 중 팀 미션은 3단계라고 한다. 우선 2단계까지 올라온 출연자 중 3명~7명 정도가 한 팀을 구성한다. 구성원들은 콘셉트를 정해 각자의 기량을 한껏 발휘할 수 있는 기회를 얻는 셈이다. 팀원 전원 합격을 받은 팀은 전원이 다음 단계로 진출하고, 만점을 받지 못하면 못 받은 점수만큼 탈락한다.

팀 미션은 개개인의 기량은 물론 전체를 아우르는 협력에 중점을 둔다. 팀원 비교 분석을 하여 옥석을 가리기도 하고, 아름다운 하모니를 이루는 능력을 가늠하기도 한다. 이때 각자의 기량을 발휘하되, 멤버들의 개성을 서로 살려주어 하나가 되는 자세가 핵심이다.

중고등부 팀 미션은 맑고 촉촉한 소리와 함께 율동도 발랄하다. 〈손님 온다〉를 선곡, 서민들이 즐겨 찾는 포장가게의 풍경을 신나는 노랫말과 리듬에 맞춰 묘사했다. 직접 선보인 일명 양꼬치 퍼포먼스는 숯불에 양꼬치 굽는 표현을 리얼하게 연출해 신선한 충격을 주었다. 누군가 높낮이 음역과 호흡에서 더러 딸리기도 했지만, 이 때 같은 팀원이 부족한 부분을 보충해 주고, 넘친다 싶으면 슬쩍 거품을 걷어내 준다. 열성과 아이디어, 재미성, 전체를 공그르는 솜씨가 돋보여 전원 합격이다.

노래의 연륜이 쌓인 왕년부 멤버들의 공연은 난해하다. 성악, 국악, 발라드, 헤비메탈 록의 발성에 트로트가 뒤섞인 가운데 음역이 3옥타브를 넘나들었다. 각종 발성법까지 두루 섭렵한 노래는 따라 부를 수조차 없이 힘들다. 나의 지식과 안목이 부족한 탓인지 모르겠으나, 음악에 젖어들려 애를 썼지만 고개만 갸웃했다. 하나의 구심점을 벗어나 따로 놀아 버린 듯하다. 훈련된 각자의 독특한 기교에도 불구하고, 조화를 이루지 못했을까 좋은 점수를 받지 못했다. 다음 단계로 올라갈 수 있는 기회마저 잃게 된 예였다.

내간체 수필 「규중칠우쟁론기」가 떠올랐다. 실, 바늘, 가위, 인두, 자, 골무, 다리미를 의인화하여 규방 여성들의 삶을 다룬 이야기다. 옷을 짓는 일에 저마다 자신의 재주를 내세워 공을 인정받으려는 욕구를 드러내는 장면이 나온다. 서로의 직분과 역할이 소중하다는 사실을 망각했다. 어느 한 사람만 중요하고 다른 사람을 하찮게 여기면 하는 일의 완성에 이르지 못한다. 크거나 작거나 중요한 의미를 부여받은 만큼, 서로 조화를 이루어야 상생하는 게 아닐까.

천 갈래 만 갈래 실개천이 모여 강물로 흐른다. 크고, 작고, 높고 낮음이 따로 존재하지 않는다. 홀로 튀지도 처지지도 않게, 희로애락을 안고 조였다 풀었다 굽이치는 울림에 전율을 느낀다. 찌를 듯한 음색을 낮고 굵은 음성이 받쳐주고, 잔잔하고 은은한 진양조 끝에 휘모리 장쾌한 소리가 이어진다. 피아노가 옥구슬처럼 퉁퉁 구르는가 싶더니, 징소리, 호적소리 장고소리 함께 상모돌리기가 생동감을 북돋아 준다. 서로 어울려 드넓은 세상 바다를 향해 달려가고 있었다.

잡풀도 꽃인 것을

.

.

.

곡우 때 마침 단비가 내렸다. 꽃씨를 뿌리며 봉숭아, 분꽃, 백일홍, 메리골드가 꽃등을 환히 밝혀들 생각을 하니 미리부터 즐겁다. 우리 집은 가업 상 마당이 거의 철제뿐이고 사방 자동차 길로 둘러싸여 있다. 꽃을 좋아하지 않는 사람이 있을까만, 한 평 남짓 흙을 만지며 꽃밭을 가꿀 수 있는 까닭에 더욱 애착이 간다.

채송화, 고 조그만 씨앗이 무거운 흙을 들치고 싹을 내밀면 경이롭다. 연이어 다른 싹들도 연둣빛 잎을 틔어 매일 커가는 모습을 살펴볼 때 갓난아이를 기를 때처럼 애틋하고 사랑스럽다. 가물 때는 물을 주고 장대비가 내리 꽂히면 우산이나 비닐을 씌워주기도 한다. 봉긋이 올라오는 꽃봉오리가 행여 다칠까, 꽃나무 옆에 괭이밥이며 바랭이 등 잡초라도 끼어들면 여지없이 내 손끝에서 뽑혀나간다. 특히 주택가에서 멀리 떨어진 우리 집은 들녘에서 풀씨들이 날아와 잡초가 유독 많다. 여름이 시작되면 풀은 더 극성을 부린다. 뽑아내는 족족 또 올라오고 잠시라도 게으름 피운다 싶으면 막무가내로 금세 무성하게 퍼진다.

아니나 다를까. 무덥기도 하고 다른 일로 바빠 지내다가 그만 꽃밭에 눈길을 주지 못했다. 며칠 새 풀포기는 아예 방석을 틀고 앉았다. 모처럼 잡초를 캐내려는데 풋풋한 풀냄새와 함께 초록이 아깝다는 생각이 뜬금없이 드는 게 아닌가. 오히려 한창 피기 시작한 빨강, 노랑, 보라색, 화초들이 풀빛과 어우러져 더욱 싱그럽고 아름답다. 그 중 야생초인 토끼풀, 달개비, 망초는 꽃대를 올려 제 나름의 꽃빛을 한껏 발하며 자연스레 꽃밭의 권속이 됐다.

최근 도서관에서 조셉 코 케너의 『대지의 수호자 잡초』라는 책을 읽었다. 반어적인 제목부터 호기심을 자극하더니, 첫 장을 여는 순간 온몸에 전류가 흐르는 듯 눈에서 뗄 수가 없다. 잡초는 버릴 것이 없다고 하는데 우리네 부모님과 농부들이 잡초와 씨름하느라 얼마나 많은 비지땀을 흘려왔는가. 고개를 갸웃해가며 읽는 동안 잡초가 해로운 것만이 아니라, 토양과 작물에 많은 도움을 준다는 사실을 알았다.

가령 땅 속 깊은 데까지 뿌리를 내려 수분을 저장해 둔다.

가뭄이 들 땐 자연 펌프수를 대지에 공급해주고, 폭우에 토양계의 영양분이 쓸려나가지 않도록 보호막을 형성하기도 한다. 겨울엔 땅속에 영양분을 저장하여, 봄이면 잡초의 뿌리들이 그 양분을 표층토로 끌어올려 작물의 성장을 도와준다는 것이다.

잡초의 가치는 다양하다. 토마토, 가지에는 털 비름, 감자 곁에 명아주. 옥수수 밭에 쇠비름을 적당한 간격으로 함께 가꾸는 연구 결과를 알게 됐다. 이 때 작물에 필요한 영양소를 뿌리에 공급해 훨씬 질 좋고 때깔 좋은 열매를 맺는다니 참으로 신기하다. 이와 같이 섞어짓기 자연농법이, 농약과 독한 화학 비료에 죽어가는 땅을 되살린다니 얼마나 다행스러운 일인가. 올해는 오묘한 자연 생태계를 텃밭에 그대로 적용해볼 참이다.

잡초라 하여 소리쟁이, 개망초, 명아주를 뽑아버리지만 예전엔 국이 되고 나물이 되었다. 조팝꽃만 보아도 쌀밥 생각이 나 눈앞이 혼몽할 때, 어머니가 갓 돋아난 소리쟁이 된장국을 끓이면 게 눈 감추듯 했다. 지천이던 망초, 명아주도 슬쩍 데쳐 겨우 간장, 고추장만 넣고 무쳐도 꽁보리밥 한 양푼을 온 식구가 뚝딱 해치우곤 했다.

유행가 〈잡초〉가 뜨고 있다. 노랫말 중 "한 송이 꽃이라면 향기라도 있을 텐데, 이것저것 아무 것도 없는 잡초라네"가 영

거슬린다. 마지막 후렴구에 무려 세 번이나 반복한다. 김수영 시「풀」에서도 부와 권력을 갖지 못한 민초라는 인식을 주었다. 나도 한낱 잡초이거니 노래와 시를 적잖이 따라 부르며 동조해왔지만, 틀에 박힌 편견을 버려야할 이유를 만났다.

민병도 시인은「들풀」결구에서 "이 땅의 주인"이라고 매듭짓지 않던가. 잡초는 가진 게 많다. 초록, 풋풋한 향기, 영양분, 질긴 생명력. 거목은 태풍에 뿌리째 뽑히고 가지가 잘려도, 풀은 잠시 눕기만 할뿐 끄떡도 않는다. 목련이나 장미는 피었다가 금세 지고 만다. 잡초는 암만 밟혀도 봄부터 가을까지 내내 푸르고 겨울에는 비옥한 흙을 촘촘히 다지고 있다,

나는 과연 어떤 풀일까. 연말이 돌아오니 각종 시상식에 자리를 빛내달라는 초대장이 날아온다. 수상자에게 선물하려 들고 간 꽃다발을 가만히 들여다보니, 빨간 장미를 초록 이파리가 소담스럽게 감싸고 있다. 달랑 장미꽃만 있다면 이처럼 한 아름 근사한 꽃다발이 될 수 있을까. 식장에는 앞자리 주인공과 그 옆에 하객들이 한데 어울려 성황을 이루고 있다. 다소곳 제자리를 지켜 나름의 색깔과 한소끔 향기를 지닌 풀인 듯 화초인 듯 모두가 아름답다.

혼자가 아니라 더불어 일 때 풀도 꽃도 이 땅의 주인공이지 않을까. 올여름은 장마가 유난히 길다. 우리 집 화단 가장자리

바랭이가 초록 어깨동무를 하고 흙이 쓸려가지 않도록 단단히 받들고 있다. 각종 성인병 약효로도 귀한 대접을 받고 있는 쇠비름, 애기 땅 빈대, 쇠뜨기도 새파라니 제 몫을 하고 있다. 꽃잎 다 진 장미나무 아래 가시를 감싸며, 꼬리를 살랑살랑 흔들어대는 저 한 무리 귀여운 강아지풀을 어찌 뽑아낼 수 있으랴.

오빠, 그리고 스님

.

.

.

산 빛이 붉게 물든 가을 30년 만에 오빠를 만났다. 고희연을 맞은 오빠는 승복차림이었다. 운무 가운데 산봉우리 하나가 서서히 드러나듯, 푸른 이마 아래 형형한 눈빛은 쉽게 범접할 수 없는 위엄과 카리스마가 느껴졌다. 꽁꽁 여민 회색 도포와 적갈색 가사 그 안쪽, 한때 뜨겁게 타오르던 젊음을 기억하기에 나는 적잖이 충격을 받았다.

오빠는 이종사촌으로 현재 내가 오빠라 부를 수 있는 유일한 피붙이다. 우리 가족이 낙향하여 큰 이모네 이웃에 살 때 기댈 수 있는 언덕, 때로는 친구처럼 다정다감했다. 옛날처럼 '오빠!' 하고 불러보고 싶었지만 목젖까지 올라오는 소리가 혀 끝에서만 맴돌았다. 스님이라고도, 오빠라고도 불러보지 못한 채, 까마득 밀려간 시간의 갈피 속만 더듬더듬 넘겨본다.

오빠는 교회에서 야학을 가르치기도 하고, 내가 치는 풍금에 맞춰 찬송가를 부르기도 했다. 특히 성경은 구독자 세계 제 1위로 평생 곁에 놓고 읽기를 권했다. 이외의 교양서적 톨스토이, 릴케, 채근담, 등 폭 넓은 독서를 하도록 이끌어 주었다.

추수 끝난 타작 마당가에 국화가 꽃등을 밝힐 무렵, 오빠는 결혼을 했다. 족두리를 쓴 새언니를 처음 본 순간 동화책에서 나 봄직한 선녀가 내려온 듯 예뻤다. 마음씨 또한 비단결 같아서 시부모와 사촌 시누이인 내게도 살가웠다. 새언니는 당시 인기 여배우 최은희, 김지미 못지않은 미인이어서 문밖에라도 나가면 남자들이 집 앞까지 따라오는 일이 종종 있었다.

싸락눈이 싸락싸락 지붕 위에 얼룩무늬를 그리던 날, 새언니는 홀연히 가출을 했다. 결혼한 지 3년쯤 됐을 무렵이다. 그날도 목욕탕에 같이 가던 길에 세숫비누를 사온다며 잠깐 기다리라고 했다. 내게 스카프를 목에 둘러주고 모퉁이 가게 쪽으로 급히 달려가는 뒷모습을 본 게 마지막이 될 줄이야. 짐작조차 못한 일이었기에 아무도 그 까닭을 알지 못 했다.

다행인지, 불행인지 아이가 없어 오빠는 부모님 성화에 못 이겨 재혼을 했다. 그런데 무슨 까닭인지 딸 하나를 낳고 2년 만에 헤어졌다. 오빠는 계속 방황을 하던 중 아우렐리우스의 『명상록』을 내게 건네주고 본가를 떠났다. 그 후로 서울 근교에서 직장을 다니며 다른 여자들을 사귄다는 소문만 무성했다.

나는 스무 살이 넘자마자 결혼을 했다. 금세 아이가 줄줄이 딸려 눈코 뜰 새 없이 살았다. 오랫동안 큰 이모를 찾아뵙지 못하고 지내던 중 오빠도 만날 겸 추석 끝에 큰이모를 몇 년 만에 뵈러 갔다. 마을엔 아직 야학을 하던 교회 종소리가 울려 퍼질 것 같았다. 슬레이트 지붕이 금세라도 내려앉을 듯한 낮은 방문을 열고 들어섰다. 명절 연휴인데 오빠는 보이지 않고 제법 소녀 티가 나는 아이들 셋이 할머니 머리맡에 옹기종기 앉아 있었다. 몰라보게 늙고 수척해진 이모는 나를 보자마자 끌어안고 울음을 터트리셨다. 오빠가 그동안 네 번의 결혼을 하고 엄마가 다른 아이들만 할머니에게 맡긴 채, 전라도 어느 산속으로 들어갔다는 것이다. 몇 년 전부터 들려오던 풍문을 확인하는 순간이었다.

도무지 이해할 수가 없다. 내가 아는 한 오빠가 부모 자식까지 외면할 만큼 비정한 사람은 아니다. 더더구나 바람둥이도 아니라는 생각은 오해일까. 팔자라는 이모님 말씀이 맞는지 달리 생각을 할 수 없었다. 무거운 마음이 침울한 시간을 넘어 학창 시절 방학 숙제를 미뤄둔 것처럼 내내 떠나지를 않았다. 오빠는 불가에 몸을 바치고, 큰 이모님은 손녀들을 잘 키워놓고 영면하셨다.

그 딸들이 마련한 스님의 고희연에서, 참으로 오랜만에 오빠와 잠시 합석을 했다. 그 자리에서 놀랍게도 오빠의 첫 아내, 즉 새언니의 소식을 듣게 됐다. 그동안 오빠가 몸 담고 있던 전라도 선○사에 가끔 다녀갔다고 한다. 영화감독과 한 때 살기도 하고, 공군 장교와도 살림을 차렸지만, 지금은 이 세상 사람이 아니라 한다. 그토록 예쁘고 정이 들어 한 번만이라도 꼭 만나고 싶었는데, 나는 그만 멍해질 수밖에 없었다.

한가정의 기둥으로서 가족까지 단절했어야 할 까닭이 무엇일까. 오빠의 심연 깊숙이 범상치 않은 이상 세계가 자리하고 있었을까. 그 어떤 절대자의 오묘한 뜻 가운데 부름을 받은 것일까. 박꽃 같은 아내들에게 청춘을 불사르고 스님이 된 사람, 젊은 시절 내게 성경을 평생토록 곁에 두고 읽으라던 오빠의 다른 세계를 나는 감히 헤아리지 못한다. 아마도 평생 풀지 못할 숙제인지도 모르겠다. 혈연과 기독교 신앙으로 맺어진 오빠, 혹은 친구 같던 풋풋한 모습을 아무리 찾으려 애써도 기억 속에서만 맴돌 뿐이다. 붉은 가사에 염주가 영롱한 혜○스님만 내 앞에 현존한다. 석양빛이 유리창에 수채화처럼 번지는 시간, 찬불가와 태평소 공양 소리가 연회장 가득 장엄하게 울려 퍼진다.

길상사에 백석이 산다

．

．

．

성북동 산기슭 아래 길상사를 타박타박 오른다. 적송이며 아름드리 느티나무가 극락전을 고즈넉이 감싸고, 산새들은 풍경소리를 물고 새파랗게 날아오른다. 진영각 언덕의 하얀 취나물 꽃이 보랏빛 쑥부쟁이와 어우러져 맑은 가을 향취를 실어 나른다.

'이루지 못한 사랑'이라 했던가. 슬픈 꽃말을 가진 상사화가 산비탈을 태울 듯 활활 번진다. 저 매혹적인 불꽃이 다 이울고 난 후에야, 진초록 이파리가 돋아나와 붙여진 꽃말이지 싶다. 그런 까닭일까. 이따금 잿빛 승복의 젊은 승려와 마주칠 때는 왠지모르게 가슴이 뭉클해져 온다.

길상사는 1990년대까지만 해도 3대 밀실정치의 요람중 하나인 '대원각'이다. 그 주인이 바로 백석 시인에게 순정을 다한 기생 진향, 즉 김영한인 사실은 이미 알려진 이야기다. 젊은 시인과 기생의 뜨거운 사랑이 남과 북으로 갈라진 채, 안타까운 사연이 깃든 곳이기도 하다. 곧 만나리라 약속하고 월북한 시인과 긴 이별이 될 줄 짐작이나 했을까. 홀로 남은 그녀는 요정을 운영하며 생전에 모은 천억 원대의 땅과 건물을 모두 절에 시주 했다.

대원각에서 사찰에 이르기까지 호기심을 부축인 걸까. 우선 여백이 느껴지는 절 분위기를 무척 좋아하기도 한다. 초, 중, 고 시절만 해도 소풍이나 수학여행의 행선지는 어김없이 절이다. 북한산 진관사나 경주 불국사에서 묵다보면 물소리, 풍경소리, 나뭇잎 소리가 마음을 촉촉이 적셔주었다. 잠들기 전 풍경소리를 들으며 "성불사 깊~은 밤에"를 조용히 부르기도 했다. 근래에는 해남 미황사도 몇 번 다녀왔다. 달마산의 기암괴석을 병풍처럼 두르고 놀빛을 받아 선계를 펼쳐놓은 듯 신비스러운 풍광에 반하곤 한다. 어떤 말로도 그 비경을 묘사하지 못하겠다.

길상사의 관심도 도심 속의 산수 좋은 절 풍경과 그곳에 얽힌 일화에 더 관심이 쏠렸다. 백석 시인과 진향의 애틋한 사랑도 흥미롭거니와 배우 뺨치게 멋진 백석 시인의 시 행간에 빠져 든 시간은 사뭇 행복하다. 경내 교각을 건너 풀벌레 소리가 영글어 가는 김영한의 공적비 앞에 걸음을 멈췄다. 기생 진향을 향해 썼다는 백석의 시 「나와 나타샤와 흰 당나귀」를 감상하는 순간, 마치 내가 나타샤가 된 듯 착각에 빠져든다. '눈이 푹푹 나리는 날, 흰 당나귀를 타고' 연인과 산골 오두막에서 사랑을 나누는 상상을 하기도 한다.

김영한이 대원각 일대를 시주할 당시 기자와의 인터뷰가 생각난다. 후회하지 않겠냐는 질문에 "1000억 원의 재산이 백석의 시 한 줄만 못하다"라고 말했다니 과연 그의 시 한 줄이 얼마나 위대한가. 오직 한 사람 평생을 두고 사랑한 연인에게 시 한 줄에 가치는 돈에 비할 바가 아니었으리. 물론 법정스님의 『무소유』도 한 몫을 했지만 그 글과 불심 또한 물질적인 가치에 비할 수가 있을까. 육신은 이제 갔지만 시와 사랑, 그리고 비움의 높은 경지는 영원히 만인의 마음속에 살아 울림을 주고 있다.

몇 해를 글쟁이 흉내를 내며 나는 아직 절창 한 소절 남기지 못했다. 밤새워 원고지에 온몸을 사룬 적 없어서, 함부로 쏟아낸 글들이 발끝에 체이는 작은 돌멩이만도 못하겠지. 꽃무릇처럼 하마 참사랑의 불꽃을 태운 이름 하나 간직한 적 있었던가. 크리스천을 표방하며 비움과 나눔의 실천도 허울뿐이었으리.

서산마루 가을 햇살이 설핏하다. 하산 길 더욱 붉게 물든 홍단풍이 일주문을 나서는 나의 등에 만 개의 손을 얹어 토닥인다.

CHAPTER 4

그 해 여름 꿈 이야기

새 발자국

.

.

.

썰물진 공릉천 갯벌에 새 발자국이 총 총 총 찍혀 있다. 석 줄 또렷한 문양이 난잎처럼 깔끔하다. 모래 씻는 물소리까지 머금은 듯 맑다. 생의 한 순간 여기 머물렀던 흔적만 남긴 채 홀연 어디로 날아갔을까. 무슨 이름을 가졌으며 색깔과 울음 소리는 어땠을까. 발자국을 따라가며 상상의 세계로 날개를 편다.

샛강은 여전히 수런거린다. 갈대숲의 때까치 포르릉 날아 오르고, 시린 물속에 발을 담근 저어새가 긴 주걱 부리를 휘저 어 꾹저구를 낚아챈다. 물오리도 구부락펴락 물이랑을 그리며 첨벙거린다. 생명의 번식과 살아가기 위한 본능으로 발버둥치 는 모습이 사뭇 장엄하다.

발자국은 땅을 짚고 살아야 하는 모든 생물들의 필연적 숙 명이 아닐까. 이 땅에 뿌리를 내린 인간이야말로 그 이상이듯

인자명호자피人著名虎著皮란 말이 있다. 새 발자국은 밀물이 오면 지워지겠지만, 사람의 흔적은 여러 가지 모양새로 누대에 남는다. 역사, 부와 권력, 명예, 문화예술로서 그 업적이 무수히 전해오지 않던가. 다양한 발자취를 살피다 보면 흉허물을 남겨 마음을 아프게 하기도 한다. 다행히 빛과 향기를 발한 흔적이 더 많다. 슈바이처와 마더 테레사는 평생을 어려운 사람들을 위해 봉사의 삶을 펼쳤다. 외에도 많겠지만 그분들은 두고두고 세상을 밝고 따뜻하게 하는 생명력을 지닌다.

과연 내가 걸어온 발자국은 어떤 모양새일까. 굽이굽이 걸어온 길, 저 황새와 조개처럼 생존을 위해 물고 뜯은 적 얼마였던가. 좀더 배불리 먹고 좋은 옷을 입기 위해 종종거린 날들이 모래알처럼 쌓였다. 장터에서 장사를 할 때였다. 사람들에게 헛웃음을 치고, 어떻게 하든 이문을 많이 챙기려고 치열한 사투를 벌이기도 했다. 이웃과 고객들에게 진정한 사랑을 베풀지 못한 삶 속에 많은 이들의 가슴에 상처를 남겨주었을 게다.

존재감을 드러내려 글쟁이 흉내를 내며 안간힘을 쓰기도 했다. 문단에 맨 처음 발자국을 찍었을 때 설렘을 되새겨본다. 지나온 길, 절창 한 소절 어느 누구에게 순정한 감동을 준 적 있을까. 천방지축 종횡무진 찍혀있는 내 발자국이 사방에 어지럽다.

뒤늦게 손 때 묻은 시집 행간 속의 진달래 약산을 오른다. 영랑의 「모란이 피기까지는」에 매료되어 우리 집 작은 뜰에 모란을 가꾸기도 했다 오고 가는 사람들에게 함박 같은 웃음을 선사하며 서로 기쁨을 나눈다. 이렇듯 한 편의 시가 맑고 밝은 세계에 동참하게 하니, 시인은 가고 없지만 그의 詩 울림은 구석구석 남아있지 않은가. 묵묵히 본연의 길을 갈고닦아야 할 때다.

새 발자국이 멈춘 자리에서 남겨진 문양을 바라본다. 먹이를 쪼느라 고달팠을지라도 여백만큼은 어찌 이토록 아름다운까. 색깔과 울음소리마저도 시공을 촉촉이 적셔주었을 솜씨, 하늘 숨결 밖에 누가 있으리.

에덴동산에서 발자국 소리를 듣고도 숨어버린 나는 하와의 후예다. 낱낱이 드러날 존재가 부끄러워, 어둡고 움푹한 내 발자국이 지워지길 바랐는지도 모르겠다. 물결이 거슬러 올라오기 시작한다. 모든 흔적은 지워지고 머지않아 다시 백지 같은 모래사장이 펼쳐지겠지. 이젠 부르시는 소리에 귀 기울일 시간이다. 생의 모퉁이 새로 쓰여질 행간에 영원히 그분과 동행한 발자국을 곱다시 남겼으면 좋겠다.

그 해 여름 꿈 이야기

·

·

·

　맞은편 학령산에 초여름이 깃드는 것일까. 아카시아 향기가 무명 실타래처럼 울 안팎으로 솔솔 넘나든다. 하얀 나비 한 마리가 넝쿨장미에 살폿 앉았다간 나폴 나폴 날아간다. 6월만 되면 30여 년 전 아버지가 들려주신 꿈 얘기가 어제 일처럼 생생하다.

　아버지는 외출하실 때 늘 제철 두루마기를 갖춰 입는 분이다. 왠지 그날따라 점퍼 차림으로 서울에서 파주 우리 집에 오셨다. 나를 보자마자 "얘야 난 아무래도 올해 죽으려나부다"하시며 근심어린 말씀인 즉, 간밤에 비몽사몽 어느 강 건너에서 돌아가신 외삼촌이 어서 오라고 손짓을 했다는 것이다. 오랜 세월 만나지 못한 사무침에 그만 훨훨 날아 강을 건너갔다며, 찻잔을 든 아버지의 소매 끝이 파르르 떨리고 있었다. 나는 곧 분위기를 바꿔, 꿈은 반대니 외려 좋은 일이 생길 거라며 얼른

화제를 돌렸다.

외삼촌은 우리 엄마 바로 아래 동생이다. 딸 다섯에 겨우 아들 하나, 외가댁의 금자동아 은자동아였다. 일제강점기에도 우리 엄마와 학교를 같이 다닐 만큼 여유롭고 의좋게 지냈다. 그런 연유인지 외삼촌과 우리 엄마는 다른 남매보다 친했고, 매형인 우리 아버지도 처남을 유독 아끼고 사랑했다. 그 누가 이를 시샘이라도 한 걸까. 검은 구름이 온통 유월 하늘을 가렸다. 외삼촌 군복무 휴가차 서울 우리 집에 와서 묵던 날, 새벽에 긴급히 복귀 명령을 받고 뒷모습을 보였다.

천혜의 비경 접경지역 장자울은 외가 고향이다. 문전옥답에 황금빛이 출렁이던 곳. 동족상잔의 참혹한 전쟁은 모든 것을 앗아갔다. 초토화된 마을은 무성한 개망초 희디흰 꽃만 홑이불처럼 펄럭였다. 개구리 울던 무논과 장독대 봉숭아 피던 집도 폭격을 맞아 아수라장이 되었다. 정전협정 후에 외가댁은 청천벽력이 떨어졌다. 면 직원을 통해 아무런 흔적도 없이 달랑 고명 아들의 비보만 전해 들었다. 어머니를 비롯해 외가댁 식구들은 오랜 시간 깜깜 절벽뿐, 곡기마저 끊은 채 패닉 상태였다.

어쩌랴, 사람은 생명이 붙어 있는 한 어떻게든 살아가는 게 본능일까. 외가댁은 아들과 재산까지 다 잃은 폐허 위에, 흙을 다시 일구어 농사를 지을 수밖에 없었다. 고향이지만 수복이 안 된 터라, 후방에 살면서 10킬로나 떨어진 전방 농사짓기란 피눈물의 연속이었다. 라디오와 신문은커녕 끼니를 걱정하는 형편이어서 외삼촌의 흔적마저 알아볼 엄두를 못 냈다. 할머니, 할아버지께선 여생 동안 아들의 죽음을 믿지 않았다. 밥주발을 매일 아랫목에 묻어놓고, 아들 이름을 부르다가 끝내 눈도 감지 못한 채 돌아가셨다. 어찌 그 한을 다 헤아릴 수 있을까.

아버지는 집안의 말벗이며 때로는 친구처럼 정을 흠뻑 쏟던 외삼촌을 잃은 후부터 방랑벽이 더욱 심하셨다. 본디 자연을 벗 삼아 다니시기를 좋아하고, 이태백과 도연명에 취해 풍류를 즐기며 팔도강산 안 가본 정거장이 없는 분이다. 매이지 않는 바람처럼 휘이휘이 다니시는 게 유일한 낙이셨나 보다. 아마도 상실과 허망감이 더 큰 까닭이지 않았을까.

고희가 지나서도 관광지나 축제마당을 줄줄이 꿰고 다니셨다. 내게 꿈 얘기를 들려주고 가신 후, 동작동 국립현충원까지 행차하셨다. 혹시나 하고 가셨는데 아! 이게 웬일인가. 마주친 참전용사 위령 봉안관에 또렷이 외삼촌의 이름 '강성희' 위패가 모셔져 있었다니, 외가댁 옛 주소도 정확히 맞더란다. 기록을 살펴본즉 외삼촌이 소속했던 부대가 전폭되어 잿더미로

변했다는 사실도 알아냈다. 할머니가 그토록 아들의 유골조차 받아본 적 없어서 한 맺힌 채 가셨는데, 정전 40년이 지나서 비로소 그 흔적을 찾아내셨다. 외삼촌이 군이 우리 아버지께 현몽한 까닭은 우연이 아니리. 삼천리 방방곡곡 두루 유람하는 매형에게 자신을 알리고 싶었는지도 모른다.

전쟁으로 인한 이별과 혹독한 고난이 어찌 우리 외가뿐이랴. 현충원 봉안실에는 아직 이름조차 모르는 유골도 부지기수다. 한민족 이산가족의 풀지 못한 통한이 칡넝쿨처럼 엉켜 있는 곳. 2018년 4월 판문점 도보다리에서 남북정상의 만남, 그 벅찬 감동마저 속절없이 강물 밑으로 까무룩 가라앉는다. 군부대와 사격장이 된 외가 고향 언저리, 소월이 한 아름 꺾어들었을 진달래 영변의 약산에선 지금도 핵실험을 하고 있다는 뉴스가 뜨곤 한다. 한국전쟁이 발발한지 올해로 71년이다. 외삼촌의 흔적을 늦게나마 찾아 가족들은 그나마 위안이 됐지만, 얼마나 많은 동포들이 생사조차 모르고 통한의 세월을 보내고 있는가.

아버지가 떨리는 목소리로 꿈 얘기를 하시던 그 날, 안심시켜 드리느라 꿈은 반대란 내 말이 맞았다. 아버지는 긴 세월 가족의 원이던 외삼촌의 흔적을 찾았고, 그 후 10년을 더 넘게 장수하셨다. 물론 사신 동안 현충일마다 정중히 모시 두루마기

성장을 하고 강을 건너 외삼촌께 참배를 다니셨다.

　지금은 나의 부모님을 비롯해 외삼촌을 기억하는 사람들 거의 고인이 된지 오래다. 저 세상에서 외삼촌을 만나 못다 한 생의 한이라도 풀어드렸을까. 단지 여든이 넘은 막내 이모 홀로 청춘에 이별한 오빠를 추모하여 참배를 다니신다. 그마저도 올부터는 힘들 거라 하신다. 서쪽 하늘이 일시에 우중충하게 가라앉는다. 유월의 습한 바람에 곧 장마가 오려나보다. 집을 떠나 돌아올 길을 잃은 영혼인 듯 눈물인 듯 아카시아 흰 꽃잎이 난분분 흩날린다. 뻐꾸기 소리마저 울컥울컥, 왜 무엇이 누굴 위해 이토록 오래 가슴을 아리게 하는 걸까.

감자꽃 피었어요

.

.

.

뒤란 작은 텃밭에 감자를 심었다. 그동안 참깨를 심었는데 아직 남아있어 한 해 거르기로 했다. 식구들이 감자를 좋아하기도 하고, 교차재배를 하면 작물이 더 잘된다고 한다. 씨눈을 오려 구덩이에 넣고 흙을 적당히 덮어 주었다. 얼마 안가 튼실한 싹이 올라오더니, 사월 볕과 단비를 머금은 줄기마다 새파란 이파리가 너울너울하다. 오월 중순이 되자 노란 꽃술의 흰색 별문양 꽃잎을 터트리기 시작했다. 벌 나비 날아드는 감자밭, 꽃밭 못지않은 거기 어머니가 어른어른 얼비친다.

울엄마 한창 꽃 시절에 감자 농사를 지으셨다. 감자꽃이 필 때 열세 살 나를 데리고 밭에 나가 꽃을 꺾어 버리라고 시켰다. 감자알이 크게 들게 하려면 따내야 한다는 것이다. 그냥 놔두면 꽃자리에 토마토 같은 열매가 열려 감자알로 갈 영양분을 빼앗긴다고 설명해주셨다. 그 예쁜 꽃송어리를 툭툭 쳐내려니 꽃들에게 미안한 생각이 들었지만 어쩔 수 없었다. 하지 무렵 밭고랑에 캐 놓은 감자는 정말 씨알이 굵었다. 이마에 땀을 훔쳐내며 이를 바라보던 어머니의 웃음은 감자꽃보다 환했다.

곡식이 부족한 형편에 감자는 끼니를 잇는데 큰 몫을 차지했다. 감자 범벅, 감자 수제비, 찐 감자, 등 간식도 아닌 끼니를 지으려면 감자 껍질을 한 양푼씩 벗겨내야 한다. 모지랑숟가락이 되도록 껍질을 벗겨낸 어머니 손은 여름내 가으내 암갈색이었다.

자식들은 나를 비롯해 울엄마 꽃핀 시간을 뭉텅뭉텅 분질렀다. 꽃마저 내어준 자리 주렁주렁 매달린 채 등골을 빼먹는 동안 우리 형제자매는 토실토실 씨알이 굵었다. 감자 속보다 뽀얗던 속살, 손톱 끝에 봉선화 물이 반달처럼 예뻤을 어머니는 땡볕 아래 뽑혀나간 줄기처럼 꼬들꼬들 말라갔다.

뒤란 감자밭에 하얀 감자꽃이 무명치마처럼 펄럭인다. 꽃을 따 줘야할 시기다. 어머니 환한 미소를 닮은 꽃숭어리를 어찌 꺾어내야 할까. 어머니 꽃의 시간을 다시 꺾어버리는 것 같아 망설였다. 씨알이 작아지기로서니 그냥 놔두고 보면 안 될까. 내 마음이 이럴진대 어머니인들 꽃의 아름다움에 어찌 푹 빠져들고 싶지 않았으랴. 아마도 당신께서 정성들여 피워 올린 꽃을 모질게 쳐내기 싫으셨을까, 굳이 날 시켜 꺾어내려 했는지도 모를 일이다. 울엄마 꽃 시절을 빼앗아버린 불효를 이제야 알게 되다니 엄마! 감자꽃 피었어요. 저 하늘에선 지상에서 놓친 꽃 부디 꺾지 마시고 송이송이 활짝 피워 올리세요.

미니멀리즘

·
·
·

금세 끝날 줄 알았던 코로나19가 전 세계를 강타하고 있다. 교회에 가고, 소속단체 모임, 친지와의 만남이 2년째 쉽지 않다. 최소한의 생필품을 사러가는 일 외엔 신발 신을 일이 거의 없어졌다. 처음엔 무료했으나 이젠 단조로운 생활에 적응이 됐나보다. 부득이 외출할 때도 마스크를 써야하니, 얼굴 치장을 안 해도 되는 편리함도 있다. 밖의 일로 늘 바삐 나갈 채비를 해야 하는 번거로움에서 해방된 듯 소소한 자유로움을 만끽한다.

집안에서 TV를 보는 시간이 많아졌다. 주로 드라마를 보기도 하고 트로트를 감상하며 흥얼대기도 하는데, 모처럼 교양 방송을 보았다. 최근 모 방송에서 방영한 '미니멀리즘(minimalism) 라이프'라는 프로그램에 깊은 감명을 받았다. 미니멀리즘의 사전적 의미는 최대한 꾸밈과 표현을 제거한 예술

형태로 가장 본질적인 요소만을 특징으로 한 예술사조라 한다. 단순함을 추구하는 의미가 미술, 음악에도 영향을 주었고, 일상생활에까지 확장하였다. 가급적 불필요한 물건이나 일과를 줄여 본인이 가진 것에 만족하고, 적게 소유하여 생활을 간소화한다는 내용이다.

미국의 작가 헨리 데이비드 소로는 매사추세츠 교외의 숲 속 호숫가 오두막에서 최소한의 물질만 자급자족하며 2년을 지냈다. 그 후 저서 『월든』을 발간, 무욕의 지속 가능한 삶을 주장했다고 한다. 따라서 소로의 지지자 영국의 헨리 스티븐스 솔트가 단순한 생활방식 운동을 전개하며 대중화하기 시작했다. 물질만능 시대에 점점 복잡해져 가는 현대인의 육체적, 정신적 발로가 아닐까.

방송 프로그램 주제도 최소한의 물질만을 소유하고 구석구석 쌓아둔 물건들을 내놓아 꼭 필요한 사람과 나눈다는 내용이다. 욕심을 배제한 마음과 생각이 정리되면 오히려 삶이 더 여유롭지 않을까. 내심 한 표를 던지며 실천에 옮기기로 결심해 본다. 과욕을 삼가 하여 물질과 시간의 여분만큼 유익함을 사회에 베풀어야 한다는 좋은 뜻이기도 하다.

먼저 나의 방부터 시작해야지. 장롱을 열어보니 친정어머니가 혼수로 해주신 목화솜이불이 몇 십 년째 터줏대감 노릇을 하고 있다. 허리 잘록한 원피스며 20년도 훌쩍 넘은 알록달록 꽃무늬 블라우스가 주름진 내 모습을 훑어보고 있다. 아들, 딸 결혼식 때 입은 한복과 버선도 안 입는지 오래돼 과감하게 추려냈다. 화장대와 서랍 속 메이크업 화장품도 가득 차 있다. 꼭 필요한 기초 화장품과 립스틱 2개만 남겨두고 모두 내 놓았다.

다음은 주방 차례다. 조리대 위에 큰솥 작은 솥, 네 개, 도마가 대여섯, 국자도 셋이나 된다. 각종 프라이팬, 전자용 조리기구까지 첩첩 쌓아둔 그릇과 컵은 4인 가구 세 집 정도 나눠 줄 수 있을 만하다. 그뿐 아니라 서랍마다 수저, 나이프 병따개 등 용도가 뭔지 모를 자잘한 주방용품들이 수북하다.

거실에 40년 된 전자오르간은 나의 애장품이다. 내 영혼을 촉촉이 적셔주던 손 때 묻은 악기여서, 고장 났지만 반들반들 길이 들도록 손질하곤 했다. TV와 소파만 남기고 진열해 놓은 크고 자질구레한 장식품들을 모두 없애기로 마음먹는다.

신혼 시절부터 지금까지 식구가 늘고 성장함에 따라 쌓인 물건들이다. 50여 년 살림살이가 무에 그리 많은지 스스로 놀랐다. 크고 작은 물건들을 추려내는 시간만 족히 사흘이 걸렸다. 그동안 그 것들을 구입하느라 시간과 돈을 얼마나 낭비했을까. 관리하기 위해 애꿎게 가족들의 힘을 소진했을 것이다. 다섯 식구에서 달랑 둘만 남은 지금까지 왜 끌어안고 살았는지

자책감이 든다. 늦었지만 이젠 후련한 마음과 함께 여백의 평온함까지 고즈넉하다.

비움이란 비단 물건뿐일까. 존재 의식, 사랑, 미움, 시기, 집착 등 무형의 감정도 포함되리니. 얻고자 하는 마음은 단순한 생활에 얼마나 해로운 요소들인가. 법정스님께서는 수필 「난초와 집착」에서 온갖 정성을 다해 애지중지 하던 난초를 선뜻 남에게 주었다. 집착에서 벗어나려 하신 듯 그분의 비움의 경지를 감히 흉내라도 낼 수 있을까.

우리 집 울타리 장미넝쿨에 꽃망울이 터지기 시작했다. 작년에 꽃 도둑을 맞아 속을 끓이다 못해 나중엔 꽃을 달라고 하면 주겠노라는 팻말을 세운 일이 있었다. 혹여 올해라도 누가 막상 달라고 오면 망설이지나 않을까. 집착을 버린다는 일은 아무나 할 수 없나 보다.

간만에 코로나19가 수굿해지면서 사회적 거리두기도 완화한다는 소식이다. 슬그머니 들뜬 마음이 고개를 든다. 모처럼 향한 곳이 하필 대형마트라니, 행여 미니멀리즘 작심삼일 될까, 진열대에 예쁜 찻잔의 유혹을 애써 뿌리친다. 발길은 어느새 화훼 코너의 향기를 따라 갓 피어오른 분홍 설란 앞에 우뚝 멈춘다. 순간 판매용 전신거울에 비친 내 모습이 금세 머쓱해졌다.

두 여자 이야기

.

.

.

파주의 명소를 다녀왔다. 갠 하늘 연초록 버들잎이 함초롬한 봄날, 여성시조회원과 함께한 문학기행이다. 파주는 많은 사람들이 질곡의 역사 접경지역, 기지촌, 등 부정적인 인식을 떠올린다. 알고보면 임진강 주상절리 백사장을 끼고 청둥오리, 해오라기가 알을 품는 천혜의 비경 청정지역이다.

예로부터 풍광이 수려한 정루에서 학문을 닦고 시가문화를 꽃 피워왔다. 대표적인 반구정, 화석정, 임진강 건너 남한 땅 한계선까지 선인들의 문향에 흠뻑 취했다. 그 중 사랑 따라 풍류 따라 두 집안의 남녀가 계속 나를 놓아주지 않는다.

먼저 교하 다율리 해주 최씨 묘역에 닿았다. 고죽孤竹 최경창 부부합장묘 바로 아래 "묏버들 가지 꺾어"시조로 유명한 홍랑의 무덤과 시비가 눈길을 끈다. 고죽과 홍랑의 순애보는 익히 알려져 있다. 직접 마주해 보니 애틋한 사랑도 흥미롭지만,

서로 시가詩歌를 향유한 흔적이 더욱 진한 감동을 준다. 신분 차이가 추상같던 조선시대, 기생 신분의 무덤이 어떻게 내로라 하는 가문 선산에 버젓이 자리 잡게 되었을까.

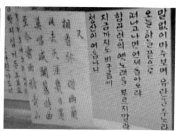

묏버들 가지 꺾어 보내노라 님의 손에

자시는 창 밖에 심어두고 보소서

밤비에 새잎 곧 나거든 나인가도 여기소서

홍랑의 시조이다. 고죽이 함경도 북도평사 임직을 마치고, 한양으로 귀환할 때 관기 홍랑이 함관령까지 배웅 나와 작별의 아쉬움을 담아 지은 시조다. 고죽이 사랑하는 홍랑을 홀로 두고 오려니 그 마음이 오죽했을까. 다음은 작별할 때 홍랑이 버들가지와 함께 건넨 시조에 답례로 보낸 시다.

말없이 마주보며 유란幽蘭을 주노라

오늘 하늘 끝으로 떠나고 나면 언제 돌아오랴

함관령의 옛노래를 부르지 말라

지금까지도 비구름에 청산이 어둡나니

　두 사람의 애끓는 마음이 구구절절 녹아있다. 고죽이 병으로 고생할 때, 홍랑이 남장을 하고 함경도에서 한양까지 밤낮 칠 일을 걸어가 정성껏 간병을 했다. 나중에 병이 도져 고죽이 죽은 후에도 무덤가에 움막을 짓고 시묘살이 9년을 할 만큼 그들의 사랑은 삶과 죽음까지 초월했다. 최씨 문중에서 이를 귀히 여겨 홍랑이 죽자, 고죽의 무덤 아래 묻어주었다. 홍랑과 고죽의 사랑과 문학을 존중한 고죽가의 인품이 후덕함을 짐작하게 한다. 뻐꾸기 울음이 푸르게 물드는 숲 속을 뒤로 하고 다음 목적지로 향했다.

　일행을 태운 버스는 이옥봉의 가묘와 시비가 있는 광탄면 용미리 조원 문중 선산에 다다랐다. 옥봉은 선조 때 옥천군수 이봉의 딸이다. 〈몽혼夢魂〉, 〈규정閨情〉을 남긴 당시 보기 드문 한시 작가다. 그녀는 왕족이지만 서녀인 까닭에 운강 조원의 소실이 된다. 남편이 글 쓰는 것을 반대해 시문을 짓지 않겠다는 약속을 하고 혼인을 했지만, 심연에 끓어오르는 시심을 어찌하랴. 그러던 중 이웃 사람의 억울한 도둑 누명을 벗겨준 〈위인송원〉을 문제 삼은 남편에게 버림을 받았다. 그 후 자신의 글이 쓰인 종이와 피륙을 겹겹이 몸에 감고 바다에 비극적인 최후를 맞았다지만 야사일 뿐, 밝혀진 역사 기록은 없다. 어디서 어떻게 살다 갔는지조차 모르듯 여성으로서의 삶이 기구했던 옥봉의 한시 〈몽혼〉을 감상해본다.

요사이 당신은 어떻게 지내시는지요
달 밝은 창가에 저의 한이 깊어갑니다
만약 꿈에도 오고 가는 흔적 있다면
그대 문 앞 돌길은 반은 모래가 되었겠지요

(이동륜 〈파주예찬 옛길에서 한시를 만나다〉)

글을 써 송사에 가담했다는 이유로 이별 후 그리움과 한이 담긴 시이다. 과거 남존여비사상이 뿌리 깊던 때 여성평등이란 생각조차 할 수 없었겠지만 한 여자의 재능과 삶이 무참히 짓밟힌 예가 되어 안타깝다.

그러나 이옥봉의 詩에 대한 열정은 그대로 끝나지 않았다.

그녀가 남긴 시문이 널리 중국까지 알려졌다. 허난설헌과 친하게 지내며 시문을 주고받았다는 사실을 명나라 인물 제갈원성諸葛元聲이 기록했다. 숙종 30년에 이르러서야 조원, 조희일, 조석형 3대의 시문 〈가림세고嘉林世稿〉 부록에 옥봉의 시32편이 전해온다. 지금도 그녀의 작품이 회자되어 학계 연구가 활발히 진행되며, 몽혼으로 알려진 〈자술自述〉과 〈규정閨情〉은 대학교 한문 교과서에 단골 텍스트다. 지금은 조원 후손들에 의해 세워진 옥봉의 가묘와 시비가 석양빛에 빛나고 있으니 얼마나 다행인가.

이번 여행에서 만난 고죽孤竹 최경창과 운강雲江 조원은 공교롭게 공통점이 많다. 조선 선조 때 동시대 인물로 생몰연대가 비슷한 사대부가의 문장가다. 익히 알려진 대로 고죽은 이달, 백광훈과 함께 조선 삼당시인의 한 사람이다. 운강 역시 내로라는 사대부 가문의 승지요, 시문에 뛰어난 인물이다. 두 사람 각각 홍랑과 이옥봉 걸출한 시인과 연을 맺은 것도 닮은꼴이다. 사대부 가문에 관직과 풍류를 두루 갖춘 젊은이가 재색을 겸비한 여인과의 인연은 자연스러운 만남이 아닐까. 그러나 위에 언급했듯이 당시 두 남자의 여성관은 사뭇 달랐다.

고죽은 홍랑과 지고지순한 사랑과 문학적 공감대를 형성하며 끝까지 함께했다. 요즘 소중한 만남을 가볍게 여겨 쉽게 헤어지는 세태에 귀감을 주는 대목이다. 운강은 그 시대 전형적인 가부장적 남자였나 보다. 암탉이 울면 집안이 망한다.' '여자와 그릇은 내 놓으면 깨진다.'하는 말이 아직까지 전해오지 않는가. 강직한 남성 중심의 가치관으로 옥봉에게 이별을 고하지 않았을까.

지금은 많이 달라졌지만 여전히 그 뿌리는 도처에 남아있다. 내가 처음 글쓰기를 시작할 때 남편도 마땅치 않은 반응을 보였다. 글에서 밥이 나오는 것도 아닌데 객적은 일로 시간을 보낸다고 불평을 하기도 했다. 그럴 때마다 영혼의 밥도 소중하다며 에둘러 반론을 내 놓았다. 아마도 자기에게 관심을 덜 보이는 것에 대한 투정이었는 지도 모른다. 백발이 되도록 한 집에 살고 있으니 그래도 어쭙잖은 글쟁이 아내를 봐줄만한가 보다. 여전히 나는 육신의 밥짓기와 영혼의 밥짓기를 계속하는 중이다.

운강 조원 현손이 우리 일행과 많은 얘기를 나눴다. 선산 안내부터 하산까지 손수 앞장선 그는 '운강 할아버지가 지금 자신의 마음과 같았더라면'하고 머쓱한 표정을 지었다. 가묘지만 옥봉 할머니처럼 뛰어난 시인을 선산에 모시고 보살피는 일이 자랑스럽고 한다. 여성 시인들을 존경한다며 맛있는 저녁 식사까지 대접했다. 운강과 이옥봉 시인이 저 세상에서 흐뭇

한 미소를 짓는 것 같다. 해거름에 손을 흔들어 작별인사를 하는 후손의 어깨 위로 느티나무 새잎이 싱그러웠다.

명함의 시간

．

．

．

주고받은 명함들을 정리한다. 서랍, 가방. 주머니마다 꺼내 놓은 것들이 왜 이리 많을까. 사진까지 찍힌 다양한 모양의 직함들이 사람을 대신하여 존재를 알려준다. 연락조차 끊긴 사람, 언제 어디서 받았는지 기억이 나지 않는 사람들의 명함이 족히 10리터 종량제 봉투에 불룩하다.

내가 처음 명함을 갖게 된 지는 5년 전이다. 사단법인 한국 문인협회 황금색 로고 옆에 이름과 직분, 사무실 연락처가 또렷하다. 나도 당당히 사회 한 분야의 대표자임을 인정해주는 증표다. 판공비조차 없는 비영리단체의 회장 직함이 뭐 그리 대단할까만, 지역사회에서 필요로 하는 사람이라는 것만으로도 자긍심을 갖게 한다. 쪼그만 종이 한 장이 문예 발전을 도모하는 매개체 역할을 한다니, 한층 강한 의욕을 북돋아 주는 힘이 있었다.

단체장을 맡기 전까지는 명함이 필요하지 않았다. 내가 소속된 교회나 협회 모임도 서로 익히 아는 사람들끼리 소통할 수 있기 때문에 명함이 없어도 별문제가 없었다. 더러 어떤 모임에서 처음 만나는 사람에게 명함을 받게 될 때, 내 놓을 것이 없어 조금 머쓱해지는 순간이 있기는 했다. 나를 알고 싶어하는 사람에 대한 배려가 부족한 것은 아니었는지 모르겠다.

　사람은 자의든 타의든 새로운 사람을 만나게 된다. 그 많은 사람들의 신상을 다 기억할 수는 없다. 폰에 저장한다 해도 일반적으로 이름과 폰 번호 뿐이다. 다양한 사람들과 관계를 형성하는 것이 현실임을 인식할 때, 명함은 사회생활의 한 방편이며 실용적이라는 체험을 한 셈이다. 더 나아가 필수적이 아닐까.

　그럼에도 불구하고 명함이 더러 불편한 경우도 있다. 대선, 총선, 지방선거 기간 중에는 같은 사람의 명함을 여러 장 받는 것은 다반사다. 이 외에도 간혹 내로라는 인물과 동석해 명함을 교환하기도 한다. 빽빽한 상대방의 학력, 화려한 경력과 직함을 보고 그 위력에 주눅이 들 때가 있다. 어물쩍 내놓은 자신의 명함이 초라해져 자격지심이 들기도 한다. 선거기간이 끝나면 서로 만날 수도 없고, 길에서 만나도 기억조차 나지 않기 마련이니 진정성이 없기 때문이다.

나 역시 얼마나 많은 사람들에게 명함을 뿌렸던가. 각종 행사. 작은 모임, 동창생, 친구 심지어 단골 찻집, 미장원 등에 자랑하듯 내밀었다. 나의 직함과 상관있는 사람이 과연 얼마나 될까. 시간이 지나 명함을 보고 내 존재를 떠올릴 수나 있을까. 내가 받은 명함을 몰래 주머니에 구겨 넣거나 쓰레기통에 버렸듯, 내 것도 그렇게 버려진 명함이 부지기수 일 게다.

이제 명함을 돌리며 바삐 뛰어다닌 임기가 끝났다. 한 번 더 연임할 수 있는 규례가 있지만 박수 칠 때 의자를 비우는 것이 평소 나의 소신인지라 차기 회장에게 자리를 물려주었다. 따라서 해당 명함도 이제 필요 없게 되었다.

명함들을 선별하다가 기억하고 싶은 사람이 눈에 띄었다. 접경지역 전교 학생 39명의 오지 중학교 교장선생님이다. 문학을 좋아해서 가을이면 교내 백일장과 시화전을 여는데, 내가 회장을 맡던 해부터 학생들 원고 심사를 우리 문협에 의뢰했다. 심사평은 굳이 회장인 내게 부탁을 해왔다. 특별히 수상권에 들지 않은 학생 전원 작품까지 좋은 점 한 가지씩 들어 평해 달라는 주문까지 강조해, 몇 번 거절했다. 심사는 나 혼자 하는 것이 아니고, 전문적 지식도 부족하기 때문이라는 이유를 대도 간곡히 사정을 했다. 모든 학생들에 대한 사랑이 지극하신 분으로 느껴져 무리를 감수했다. 전교 서른아홉 명의 작품을 꼼꼼히 읽으며 심사를 했다. 주문에 맞게 좋은 점만 일일이 찾다 보니 정말 칭찬할만한 내용이 한두 가지 정도 다 보였다.

어설프나마 10포인트 A4용지 넉 장이 꽉 찬 심사평을 써서 보냈다. 확대를 해서 교내 게시판에 붙여놓았다니 이를 본 학생들이 용기를 얻어 뛸 듯이 기뻐했다고 한다. 그 후 학생들이 각종 백일장에 응모하여, 수상의 열매를 맺는다는 소식이 종종 들려왔다. 칭찬은 고래도 춤추게 한다는 말대로 그토록 좋은 결과를 얻게 되다니 보람된 일이 아닌가.

가을이면 운동장에 노란 은행잎이 유난히 반짝거리던 학교다. 한동안 연락이 없어 백일장과 시화전을 열고 있는지 궁금하다. 오랜만에 교장 선생님의 명함을 보고 번호를 눌렀다. "여보세요" 귀 익은 목소리가 전파를 타고 달려온다. "네 저는 전직 문협회장 장기숙입니다." "아 예 반갑습니다. 저 역시 전직 교장 문학을 좋아하는 K 아무개 입니다." 하하 호호. 3년 전 정년퇴직을 했다 한다. 폰으로 보내온 그의 새 명함 사진을 보며, 남은 생 만년 임기 나의 두 번째 명함에 새겨둘 문구를 떠올렸다.

사무엘 울만처럼

.

.

.

청춘이란 인생의 어떤 시기가 아니라

마음가짐을 뜻하나니

…(중략)…

청춘이란 두려움을 물리치는 용기

안이함을 뿌리치는 모험심

세월은 피부의 주름을 늘리지만

열정을 가진 마음을 시들게 하진 못하지

사무엘 울만의 시 「청춘」 중에 유독 내가 좋아하는 구절이다. 2년째 전 세계가 팬데믹 상태다. 경제는 물론 사회, 문화, 모든 분야가 어려움에 봉착되어 있다. 이럴 때 한 편의 시가 버팀목이 되고, 안개 속의 나침판이 되어줄 때가 있다.

도서관에서 온라인 강의를 진행하라는 연락이 왔다. 그동안 거리두기로 인해 문예강좌가 끊겼다. 그나마 개강을 하게 되어 다행이라는 생각과 동시 덜컥 겁부터 났다. 70대 늙은 내가 어떻게 할 수 있을까. 더구나 기계치인데 한 번도 경험하지 않은 일을 해야 하는 부담감 때문에 엄두가 나지 않았다. 몇 번을 망설이다 노력도 안 해보고 그대로 주저앉을 수 없다는 생각을 했다. 포기하면 결국 시대에 뒤쳐질 수밖에 없지 않은가. 기다리는 수강생들과의 약속을 지키기 위해서라도 용기를 냈다. 이런 기회가 아니면 언제 배울까.

도서관에 준비해 놓은 촬영 장비를 활용하여, 유튜브로 밴드와 카카오톡에 업로드하는 방식이다. 먼저 강의 자료부터 꼼꼼히 살폈다. 50분씩 강의할 내용을 정리한 다음, 지인의 도움을 받아 파워포인트를 만들고 노트북과 PDF에 저장했다. 녹화촬영을 하기 전에 집에서 리허설을 거쳐 드디어 도서관으로 향했다. 가는 내내 설렘과 두려움이 교차했다. 지난 봄 벚꽃이 피었는지 잎이 우거졌는지조차 느껴보지 못한 채, 어느새 가로수 은행잎은 황금빛 햇살에 반짝이고 있다.

늘 다니던 도서관이 낯설기만 했다. 마스크와 손 소독은 기본이고 열재기, QR코드를 만들어 체크 인한 다음, 비로소 촬영 장소에 들어왔다. 공공기관의 이전에 없던 출입 절차를 밟은 탓인지 긴장이 됐나보다. 목이 뻣뻣하고 어깨에 무거운 바람이 걸터앉는다. 세 평 정도 스튜디오 안은 사방 벽뿐이다. PPT 작성에 도움을 준 지인과 촬영 담당자만 참석한 가운데 강의를 시작했다. 1회 촬영분이 50분, 강의하랴 파워포인트 순서에 맞춰 엔터 누르랴, 시간이 어떻게 흐르는지조차 모르게 한 타임을 마쳤다. 그 사이 진땀이 흘렀는지 온몸이 후끈후끈 달아올라 등덜미가 끈적거렸다. 별별 세상을 다 사는구나 싶다가도 해냈다는 성취감이야말로 비할 데가 없다.

이후로도 매주 같은 방법으로 한 학기 분량을 차례대로 녹화촬영을 했다. 거듭하는 동안 점차 익숙해지고 자신감이 생겨, 끝날 무렵에는 오히려 아쉬움을 느꼈다. 매일 밴드와 카카오 톡에 들어가 수강생들 출석 확인과 댓글을 살펴보는 일과가 지속되었다. 과연 온 라인 비대면 수업의 성과가 좋게 나타날까. 개개인이 수료증을 받을 수 있는 조건은 수업 출석률 70% 이상이다. 이전 대면수업 때는 수강 인원 40명 중 수료 대상자가 절반 정도였다. 최소한 그에 못 미치면 어쩌나, 진행하는 동안 내내 희망과 절망 사이를 하루에도 몇 번씩 오갔다.

우려했던 바와 달리 다행히 온 라인 수업의 출석률은 95%다. 강의자료 파일과 동영상 유튜브를 밴드나 단톡방을 통해, 원하는 시간 언제든 수강할 수 있는 요인이 장점이었다. 설문조사 결과 참석과 복습 면에서 용이하다는 반응이 많았다. 우선 참여도는 예상 외로 성공적이다. 중요한 것은 공부에 얼마나 효율적인가 하는 문제를 교육계 종사하는 모든 이들이 풀어야 할 숙제다.

나 역시 가르치는 일 외에, 줌을 통한 평생교육에 참여하고 있다. 40km 밖 학교에 가려면 전철과 버스를 타고 2시간 걸리는데, 내 집 책상 앞에 앉은 채 단 몇 초 만에 교실 안까지 도착한다. 이미 줌을 타고 전라도, 경상도, 제주도 시 창작 문우들이 엄지검지 하트 뿅뿅 날린다. 일손을 잠시 멈춰 나무 그늘 벤치에 앉은 문우, 멀리 바다 건너 미국에 게시는 담당 교수님께서도 강의를 위해 들어오셨다. 얼마나 신기하고 편리한가. 공부에 효율적인 면에서 내 경우는 만족한 편이다. 단지 사람 냄새가 아쉬울 뿐이다.

위기는 기회라는 말이 있듯 여기저기 돌파구를 마련하느라 부심하다. 식당과 커피숍은 배달이나 테이크아웃을 활용하는가 하면 온라인 택배 사업이 불티난다. 두려움애 머뭇거려 하마터면 뒤쳐질 뻔 했던 순간을 지우며, 아무리 어렵고 힘들어도 용기만은 잃지 않기를 맘속 깊이 다짐한다.

나는 가시나무가 없는 길을 찾지 않는다
눈물이 없으면 마음은 희망의 봉우리를 닫는다

사무엘 울만이 내게 주는 「인생의 선물」이다. 영혼이 늘 청춘이게 하는.

광릉숲 사설

.

.

.

단오절 광릉수목원은 흥겨운 화해 마당이다. 주엽산 산모롱이 귀룽나무, 층층나무, 산딸나무 하얀 꽃타래 한삼자락 휘저으며 얼씨구 뻐꾸기 고수 장단에 춤을 춘다. 그 누가 화란춘성 만화방창花爛春盛 萬化方暢이라 했던가. 육림호의 개구리밥 물장구치면 꽃창포 술렁이고 칡넝쿨 넌출넌출 초록바람을 휘감는다.

내가 처음 이곳에 왔던 때가 중학 시절 소풍날이었다. 그때는 소풍 장소가 절이나 왕릉이 단골이었지만 1년에 한 번 봄나들이가 마냥 즐거웠다. 무거운 책 가방 대신 김밥과 삶은 달걀 서너 개, 사이다 한 병을 배낭에 둘러메고 마음이 풍선처럼 부풀어 올랐다.

정문 안내판의 '국립수목원'이란 명칭이 거창하고 낯설다. 세조와 정희왕후를 모신 '광릉'이란 옛 이름이 머릿속에 각인

돼서 그런가보다. 1988년 서울 올림픽을 기점으로 '광릉수목원', 2010년 유네스코 생물권보전지역으로 선정된 후, '국립수목원'이란 지금의 이름이 붙여졌다. 좇아가기 바쁘게 세상을 변화시키는 시간의 위력을 실감한다.

에덴동산인가, 무릉도원인가, 황금빛 찬란한 국립수목원에서 나는 미아가 된다. 추억의 옛 이름 광릉과 전나무 숲을 찾아 아름아름 더듬었다. 온갖 나무와 꽃들이 제 이름을 대고 수런댄다. 혹여 그 시절 크낙새 울음이라도 들려올까 귀를 쫑긋해봐도 그 소리는 들려오지 않는다. 소풍날 왕릉 앞에서 세조와 단종의 얘기를 들려주던 국사선생님이 불현 듯 생각나 콧등이 시큰해진다. 선생님은 그 날을 끝으로 학생들 앞에 모습을 감췄기 때문이다. 그 후 학교에 경찰과 방첩대가 벌집을 쑤셔놓은 듯 학생들은 영문도 모른 채 취조를 당하고 벌벌 떨며 필기 노트까지 전부 압수당했다. 나중에 알게 된 일이지만 선생님께서 휴전선을 넘어가셨다.

당시 그 학교는 지식인들이 뜻을 모아 봉사하는 야학이었다. 교회에서 어려운 청소년들에게 중학과정을 가르치며 검정고시를 거쳐 진학하도록 도왔다. 유독 흰 얼굴에 검은 눈썹이 매력이던 선생님을 그리며 능에 올랐다. 당시 유난히 머리 스타일이 짧았던 모습이 나무숲에 얼비쳐 오소소 소름이 돋는다. 한편 분단에 대한 서글픔이 밀려와 만감이 교차한다.

광릉은 소위 명당이라 불린다. 전해오는 얘기로 두 마리 금룡이 여의주를 물고 노니는 형상이라 황제와 황후를 모시는 자리라 한다. 조선조 왕릉은 거의 신성시하였다. 그 주변 사방 시오리 숲을 능의 부속림으로 지정하여, 나라에서 철저하게 보호하며 왕의 권속만 묘를 썼다. 가난한 평민들이야 얼씬도 못했었다는 걸 짐작케 한다. 과연 숲 속에 들어서자마자, 왕가의 영역답게 금강송, 전나무, 향나무들이 하늘을 찌를 듯이 쭉 뻗은 기개와 위엄이 서늘하다.

이따금 침엽수 사이로 부챗살 같은 햇살이 정수리를 내리꽂는다. 헌데 신이하게도 빽빽한 아름드리나무 밑에 마치, 별떨기를 쏟아 부은 듯 샛노란 꽃잎이 흐드러지게 피어있는 게 아닌가, 꽃 이름을 살펴본즉 피나물꽃이다. 줄기를 잘랐을 때 핏빛 진액이 나온다 해서 붙여진 이름이다. 애기똥풀 노란꽃은 노란 진액이 나오는데, 피나물 꽃잎이 노란데도 정말 줄기에서 붉은 액체가 흘러나온다.

언뜻 오대산 상원사 전나무 길을 걷던 기억이 떠오른다. 나무 밑 습지에 등불을 켠 듯 환한 꽃무리에 환호성이 터지던 그 꽃이다. 그때는 세조가 말년에 악성피부병에 걸려 치료와 요양 차 상원사에 머물렀다는 기록에만 관심이 있었다. 공교롭게 세조 광릉 전나무 아래와 상원사 전나무 언저리에 피나물 꽃 군락을 이룬 것이 예사롭지 않다. 우연의 일치인가, 계유정난 사육신의 원혼이라도 실린 걸까. 내 나름대로 소설 같은 상상을 펼쳐본다.

즈믄년 용서와 화해라도 한 듯 서슬 퍼런 전나무도 연둣빛 속잎이 보드랍다. 풋풋한 생의 갈피 접어두었던 이름을 꺼내 보며, 북녘 하늘을 망연히 바라본다. 국적과 동서남북 고향이 다른 나무와 꽃, 곤충들이 어우렁더우렁 푸른 숲을 이루고 있지 않는가. 목숨 바쳐 어린 왕께 충절을 지킨 큰 별들도 해탈을 했나보다.

피나물 꽃 전나무 아래 나비춤 나풀나풀. 봉두난발 망나니 제멋에 겨운 수양버들, 고봉밥 이팝나무 보릿고개 넘어간다. 동전 몇 푼 달랑달랑 할머니 염낭 금낭화, 성미가 배배꼬인 꽈배기 타래난초, 해피엔딩 어사 출두요 춘향목 그네를 탄다. 초록 빛깔 민초들 우우 한꺼번에 매듭 풀어, 광릉숲 들썩들썩 한바탕 꽃 잔치가 무르익는다.

물봉선화

.

.

.

뒤란 녹두밭에 물봉선화가 피었다. 넌출거리는 녹두 넝쿨 사이를 비집고 진분홍 꽃송이를 조롱조롱 매달았다. 이상한 일이다. 씨를 심거나 모종을 낸 적도 없기 때문이다. 더구나 물봉선은 이름 말마따나 물가에 사는 야생화 아닌가. 어린 시절 외갓집에 가면 개울가에 흐드러지게 피어있던 기억이 떠오른다. 반갑기도 하고 신기하다.

어떻게 된 걸까. 우리 집 텃밭은 토박한 땅이다. 농사를 업으로 할 만큼도 아니어서 취미 삼아 매마른 땅에 잘 크는 콩과류를 늘 심는다. 올해도 역시 가뭄에도 잘 되는 녹두를 심어 짙푸른 넝쿨손과 잎새가 무성하다. 그런데 딱 한 그루 물봉선이 어떻게 그 틈새에서 뿌리를 내렸을까. 아마도 작년에 긴 장마에 씨가 물길 따라 떠내려 왔거나, 새똥 속에 묻어오지 않았을까. 유추를 해본다.

꽃 피우느라 얼마나 힘들었을까. 하필 도랑물조차 멀리 떨어진 흙에 발을 디뎌, 애처롭고 안쓰럽다. 여리지만 제법 꽃 색깔이 선명하고 씨까지 올망졸망 영글고 있다. 올 같은 가뭄에 부단히 땅 속의 물줄기를 끌어당겼을 생명력 앞에 숙연해 진다. 물봉선이 내게 속삭인다. 조건과 환경을 두려워하지 말고, 주눅들지도 말라 한다.

몇 년 동안 나는 미로 속을 헤매고 있다. 도서관과 문화원 문예창작 지도강사를 맡으면서 시작된 행보다. 남을 가르칠 만큼 사회가 요구하는 그럴듯한 간판과 조건이 충족된 사람도 아니다. 달랑 문단의 데뷔 작가라는 명분 하나로 버텨왔던가. 어설피 문학도들 앞에 선 나는 마치 낯선 길 위에 홀로 서있는 듯 하다. 시와 시조時調 운문만 줄곧 써온 터에 다른 산문 장르를 가르칠 때마다 부담이 된다. 과연 내가 설 자리일까. 그보다 공부하러 온 사람에 대한 예의가 아닌성 싶어, 몇 번을 단에서 내려올까 고민도 해봤다. 그러나 해당 기관과의 계약체결과 학생들이 원하는 설문 카드를 쥐고, 스스로 자신과 타협을 하곤 했다. 기왕 내 디딘 발걸음인데 도중하차 할 순 없지 않은가.

수강생들에게 도움이 되려면 내실을 다져야 할 책임감마저 느꼈다. 다른 장르를 두루 섭렵하면서 배움과 가르침을 병

행하기에 이르렀다. 그러던 중 예술인재단에서 창작지원금이 선정되었다. 詩집은 낸 지가 1년도 안 됐으니 부득이 산문집을 내기로 정했다. 배우러 오는 분들에게 명분도 서고 선물이 될 것 같다. 최소한 수필 한 편당 원고지 15장 내외 30편 정도 퇴고해야 한 권의 책이 나온다. 게다가 지원금을 준 재단에 정산 보고까지 마무리 하려면 2년 안에 출간을 해야만 한다.

발등에 불 떨어진 격이다. 호드득 뛸 수 밖에 없는 시간을 보낸다. 마구 걷다 보면 절벽이다. 길인 줄 알고 달려갔는데 앞은 시퍼런 강물이다. 하늘이 맑았는데 어느 순간 외딴 섬 안갯속이다. 기꺼이 긁히고 넘어지고 깨지는 일 다반사다. 허구한 날 미로도 헤매다 보면 길이 들어가는가 보다.

때로는 내 눈 속에 풍경이 들어와 앉는다. 아찔한 절벽 앞에 돌단풍이 붉고, 강 건너 수평선에 꽃노을이 펼쳐진다. 망망대해 등대 위로 갈매기도 끼룩거린다. 그것들로 나침판 삼아 나는 아직 울퉁불퉁 낯선 길을 촘촘이 누비고 있다. 물봉선화가 척박한 땅에서 끊임없이 물을 길어 올리듯.

　내 안의 작은 뒤란 한 그루 물봉선화

　바람 길로 왔는가 물길 따라 왔는가

　마른 땅 잔뿌리 내린 시간

홀로 매양 두렵다

얼결에 발 닿은 곳 내 자리라 생각하고
밤이슬 젖은 별 모아 쉼 없이 손 뻗어도
녹둣잎 나울거리는 틈새
제모습이 낯설어

열꽃 핀 땡볕 아래 긴긴 날 타는 입술
떠나온 숲 그리워 행간 속을 더듬으면
무시로 개울 물소리
도란도란 들려온다

— 졸시 「바람이 집을 짓는 동안」 전문

바람에 등 떠밀려 왔거나, 물길 따라 떠내려 왔든 물봉선은
매마른 땅에서 꽃을 피웠다. 옹골찬 씨도 톡톡 터트린다. 후일
엔 더 많은 꽃들을 피우겠지. 밤이면 이슬 받아 목을 축이고,
젖은 별 모아 못다한 노래를 부르리. 녹둣잎 넝쿨 사이를 더듬
으며 사무친 머 언 개울물 소리에 귀를 귀울이고 있었다.

삐죽구두 할멈

朝熙 장기숙 수필집

초   판 1쇄 인쇄일 · 2021년 10월 15일
초   판 1쇄 발행일 · 2021년 10월 25일

지은이 ㅣ 장기숙
펴낸이 ㅣ 노정자
펴낸곳 ㅣ 도서출판 고요아침
편   집 ㅣ 이중원 김남규

출판등록 ㅣ 2002년 8월 1일 제 1-3094호
주   소 ㅣ 03678 서울시 서대문구 증가로 29길 12-27, 102호
전   화 ㅣ 02-302-3194~5
팩   스 ㅣ 02-302-3198
E-mail ㅣ goyoachim@hanmail.net

ISBN 979-11-3724-045-3(03810)

* 이 책은 한국예술인복지재단 창작준비금지원사업에서 제작비를
  지원 받았습니다.